JN102945

「侵攻小説」という
プロパガンダ装置の誕生

深町 悟
Satoru Fukamachi

溪水社

目次

第三部　一八八二年の「海峡トンネル危機」における侵攻小説作品

第八章 『ブローニュの戦い』(*The Battle of Boulogne*)

結　章

「侵攻小説」というプロパガンダ装置の誕生

序章

I　ヴィクトリア朝後期の民衆へのプロパガンダと侵攻小説

ジョージ三世（George III）の「朕の統治下にあるすべての貧しき子供たちが聖書を読めるよう教育を受けることを望む」（"It is my wish that every poor child in my dominions should be taught how to read the Bible", Bratton 14）という言葉に代表されるように、一九世紀の幕開けには、民衆の識字率向上を待望する社会的な雰囲気があった。そして、聖書によって読み書きを教える日曜学校は増え続け文字を読める民衆は増えていく。

一八一〇年代から一八六〇年代にかけて英国の人口が三倍に膨らむなか、紙の生産量は一万一千トンから十万トンにまで九倍以上の増加を見せる（MacKenzie 17）。この人口に対する紙の生産量の増加は、民衆の識字率が急速に上がったことを意味するとともに、その民衆の需要に応えた結果であるともいえる。また供給側の事情としては、一八三六年の印紙条例の廃止や印刷技術、輸送手段などの革新によって出版物をより安価に、素早く提供できるようになったことからマーケットは拡大していったのである（Mackenzie 18）。

一八三二年に中産階級に選挙権が与えられ、それは、一八六七年に都市部の労働者にも与えられたが、識字能力を得た大衆はその知的素養の低さから意見に左右されやすかった。それでも選挙権を得た民衆はより政治に関心を持つようになる（Taylor 161）。ポピュリズムに否定的な政治家でも「平和的な誘導であるプロパガンダの仕組みを学ばなければならなかった。というのは選挙権の拡大と人口の増加によってそれ以外の方法は費用が掛り過ぎるようになっていったからである」（"...... had to learn the mechanics of peaceful persuasion by propaganda, with an extended franchise and an increasing population it was becoming too expensive to do anything else", Taylor 158）と語られるように、プロパガンダは民衆を扇動するのに有利なだけでなく、彼らから支持を得るのに必要な能力とさえなっていったのである。また、政治家が手段を選ばずに民衆の支持集めをしなければならなくなったという状況は、逆に民衆の支持する政策に重点が置かれるようになっていたということでもあった。

　数が多く選挙権も持った民衆からの圧力に政治家はより屈しやすくなったし、民衆は意見に左右されやすかった。しかも、彼らへは文章によって意見を発信することが容易になっていた。そのような時代にあって、「侵攻小説」（Invasion Literature）などと呼ばれる小説による新たなプロパガンダの手法が発明されたことは自然ともいえる。侵攻小説の元祖である「ドーキングの戦い、あるボランティア隊員の回顧」（"The Battle of Dorking: Reminiscences of a Volunteer"）を一八七一年に発表した軍人のジョージ・チェスニー（George Chesney）は「徹底した改革の必要性をこの国に気付かせるのには物語の手法をとるのが有用かもしれないということを思い立った」（"The idea has occurred to me that a useful way of bringing home to the country the necessity for thorough reorganisation might be by a tale", Porter 299）、と語っている。政治を動かすのに民衆の力を借りる重要性が高まっていた当時、チェスニーは民衆の意識を誘導することで政治を変えることの可能性を模索した結果、小説を書くことを始めたのであろう。このようにして、侵攻小説は彼の手によって誕生したのである。

Ⅱ　「ドーキングの戦い」と侵攻小説について

一八七一年にジョージ・チェスニーが「ドーキングの戦い」を発表したことで侵攻小説と呼ばれる小説の一ジャンルが確立された。チェスニーがこの作品で用いた手法の何が新しかったかというと、現実の政策の問題点や国際情勢を土台に、近い未来において英国が外国の勢力に侵攻されるというプロットを、リアリスティックな描写で描くというものである。またチェスニーは、数年後の英国への侵攻という設定に加え、その侵攻の五十年後にナレーターが過去のこの戦争体験を語るという未来の歴史物語という手法を取っていることも斬新である。後述するが、この「ドーキングの戦い」という作品は当時のアラーミズムの流行との相乗効果で政府にまで影響力を与えた。Ｉ・Ｆ・クラーク（I. F. Clarke）はこの作品について、「一八七一年から一九一四年までの間、改革を支持、あるいは反対する議論を提示するためによく用いられた手法である、いわば、未然の戦争物語を『ドーキングの戦い』は確立したのである」（"The Battle of Dorking, ... established the tale of the war-to-come as a favourite means of presenting arguments for or against changes ...... during the years from 1871 to 1914", Clarke "The Battle of Dorking" 309）、と論じ、さらに、「作家たちは海軍の方針に関する教訓や陸軍の弱点に関する警告をフィクションの形態でどのように広めていくかをチェスニーから学び、一八七一年から多くの未来の戦争を予測する物語が登場し始めた」（"from 1871 onwards ...... many forecasts of future wars that began to appear ...... writers learnt from Chesney how to deliver a lesson on naval policy or a warning about military weaknesses in a pattern of fiction" ibid）、とチェスニーのプロパガンダ手法の影響力を要約している。このようなチェスニーのスタイルを模した作品は第一次世界大戦まで流行し、その内の幾つかの作品は幅広い読者の支持を受け、政治的な影響力を持つに至った。

侵攻小説は一纏まりに論じられるべきものではなく、その実態は多様性を有している。大きく分けると、（一）ウィリアム・ル・キュー（William Le Queux）の『一九一〇年の侵攻』（*The Invasion of 1910*, 1906）のように、外敵の侵攻による英国の敗戦もしくは、多大な損害を被る様子を描くことで英国の防衛力の不十分さを読者に喚起する作品、（二）フィリップ・コロン（Philip Colomb）らによって書かれた『一八九X年の大戦』（*The Great War of 189—*, 1892）に代表される、英国の勝利を描くことで外敵からの脅威は神話だと説得を試みる作品、それに、（三）ジョージ・グリフィス（George Griffith）の『革命の天使たち』（*The Angel of the Revolution*, 1893）など、S・F小説としての面白さに侵攻小説の手法を取り入れたものの三種類に大別できるだろう。右の（一）、（二）の場合だと、軍事の専門家やジャーナリスト、あるいは、それらの職業に就く人からのアドバイスを受けた作家が書いている場合が多い。というのは、侵攻小説の醍醐味である当時の情勢を反映させたリアリスティックな侵攻の描写は、専門的な知見をなくしては真実味を帯びないからである。また、軍の要職に就く人物の作品ならば、現実的な戦闘の描写が期待できるということ以外にも、フィクションでありながら専門家による近代戦の予測が込められているという意味で情報としての価値も高くなる。しかし、それらの作品の多くは明らかなプロパガンダであることが多い。それは、英国の敗戦や大きな損害を描くことで、軍事費の増大や、防衛政策の転化が正しいと読者を誘導しようとするものや、反対に、防衛上の国民の不安を払拭する狙いから、英国の勝利を描く内容によって誘導しようとするものである。しかし、防衛政策に関する読者の誘導を念頭に作れた作品である、という点で両者は同じであるといえるだろう。

ところで、先ほど述べたこれらの作品は「ドーキングの戦い」から二十年以上後の作品ばかりである。侵攻小説は一八七一年から一九一四年まで流行したとされるが、「ドーキングの戦い」を除く有名な作品といえば、H・G・ウェルズ（H. G. Wells）の『宇宙戦争』（*The War of the Worlds*, 1898）、アースキン・チルダーズ（Erskine

Childers）の『砂丘の謎』（*The Riddle of the Sands*, 1903）、サキ（Saki）の『ウィリアムが来た時』（*When William Came*, 1913）などで、すでに英国にこのジャンルが根付いてからの作品である。これらばかりを論じることの問題点は、そこに至る過程が大幅に省かれ全体像が見えにくくなるということである。本書では、この侵攻小説が誕生した時代の作品にあえて焦点を当てて論じたい。それは、侵攻小説の本質とその後の発展を理解するため丹念に研究する必要があると考えるからである。さらに、その作品群の原点である「ドーキングの戦い」については、本書の第一部において、その出版背景や社会の反響と、作品内容の分析をそれぞれ行い、この作品の特徴を明確にすることで、侵攻小説を研究するための足場としたい。

Ⅲ　「ドーキングの戦い」以降の一八七〇年年代の侵攻小説について

一八七一年から一九一四年まで流行した侵攻小説について、I・F・クラークは作家らにとって「ドーキングの戦い」で使用された方法が有用であったことから、頻繁に利用されたとしている。しかし、このジャンルの作品について年代を追って丁寧に書かれている彼の『戦争を予期する声』（*Voices Prophesying War*, 1966）でも、「ドーキングの戦い」以降一八八〇年までの英国で書かれた作品の記述がほとんどない。その時代についての作品は主にフランスの物を取り上げるが、英国の作品はわずかに『トルコの分割』（*The Curving of Turkey*, 1874）と『一八八三年の侵攻』（*The Invasion of 1883*, 1876）が引用されているのみである。また、セシル・エビー（Cecil D. Eby）も、自身の著書『最終戦争への道』（*The Road to Armageddon*, 1987）において「紙上の侵攻」（"Paper Invasion"）と題し、このジャンルの作品について時系列的に論じているものの、一八七一年の「ドーキングの戦い」以後は約十年飛び一八八〇年代の作品について論じている。最近の研究者ではA・マイケル・マーティン（A. Michael Matin）

が積極的にこの分野を研究しているが、やはり「ドーキングの戦い」を除く一八七〇年代の作品に関しては、特に記述していない。

出版のトレンドを見ていくと、『出版業者の回覧物』（*The Publishers' Circular*）では「ドーキング関連」（"Dorking Literature"）と別枠を組んで一八七一年だけで二十タイトルの作品を紹介しており、[二]「ドーキングの戦い」がその年に与えた影響は大きいことが見てとれる。またクラークが『戦争を予期する声』の巻末に「空想の戦争（1763–1990）」（"Imaginary Wars (1763–1990)"）と題するチェックリストの一八七一年の欄には英国の作品だけで二十二タイトルもあるが、それ以降一八八〇年までのものはわずかに九タイトルを数えるのみである（外国作品の翻訳は除く）。またエバレット・ブライラー（Everett F. Bleiler）の『S・F小説、初期の作品』（*Science-Fiction: The Early Years*, 1990）の中で「空想の戦争」（"Imaginary War"）とタグ付けされた作品の内、一八七一年に出版されたものは八タイトルあるのに対し、一八七二年から一八八〇年まではわずかに二タイトルである。

このような事実から、この期間の作品は伝統的に研究対象から漏れてきた、あるいは、あまり注意を向けられてこなかったのは合理的な判断によるものかもしれない。しかし、例えば一八七六年の『一八八三年の侵攻』は出版後、短い期間で一万部売り上げたと新聞記事にあるように（"Exhibitions" *Manufacturer and Inventor* 20）、人気作品もあったと考えられることに加え、「ドーキングの戦い」から『いかにジョン・ブルはロンドンを失ったか』（*How John Bull Lost London*, 1882）などの一八八〇年代初頭の重要な作品に通じる過渡期の作品群は、まさにその過渡期における侵攻小説の誕生とその受容を理解するために研究する価値があるとすることも合理的と考える余地はあるはずだ。本書の第二部では、明らかに「ドーキングの戦い」を土台とした作品、つまり、作品発表当時の国内、国際情勢を元に近未来の予測をリアリスティックに描くプロパガンダ作品、『一八八三年の侵攻』、『海峡トンネル、つまり英国の破滅』（*The Channel Tunnel; or, England's Ruin*, 1876）、『五十年が過ぎ』（*Fifty Years Hence: An Old*

Soldier's Tale of England's Downfall, 1877）、そして、『トルコの分割』について読者の誘導を試みる手法の分析を試み、その意義について考察する。

Ⅳ　「海峡トンネル危機」と侵攻小説について

一八八二年は『一九世紀』誌（*Nineteenth Century*）や『タイムズ』紙（*Times*）などを中心にメディアが結束して英仏海峡を結ぶ海底トンネルの建設に反対した運動、「海峡トンネル危機」（The Channel Tunnel Crisis）として知られる年である。それに呼応する形で侵攻小説の作品も次々と発表された。その年には『いかにジョン・ブルはロンドンを失ったか』、「海峡トンネルの話」（"The Story of the Channel Tunnel"）、『破壊された英国、明らかにされた海峡トンネルの秘密』（*England Crushed; The Secret of the Channel Tunnel Revealed*）、『ブローニュの戦い、いかにカレーが再び英国領となったか』（*The Battle of Boulogne: Or, How Calais Became English Again*）などが出版される。その翌年も『海底トンネルの奇襲』（*The Surprise of the Channel Tunnel*）などが出版され「海峡トンネル危機」の関心の高さを物語る。ただ、『英国への侵攻』（*The Invasion of England*, 1882）はそのタイトルと出版年から、これを海峡トンネル関係の作品と誤解している研究者もいるが（Hadfield-Amkhan 97）、この作品は「海峡トンネル危機」とは無縁で、ドイツによる海路での英国への侵攻を描く作品である。

このように侵攻小説は、まさにこの頃を以て英国社会で根付いたといえるだろうが、その個々の作品については、これまでの研究では論じられていない。「海峡トンネル危機」に関するメディアや社会の反応を巨視的に論じ、侵攻小説については、その動きのなかで多く書かれた小説、という程度の位置付けで作品名のみを紹介するというのが一般的であろう。作品の内容を論じていくというよりは、これらの作品の一般的な傾向を論じることに終始している。例えばクラークは、次のように一八八二年当時の英国の雰囲気を伝える。

英国を取るかトンネル建設を取るか、という空想侵攻作品が鉄道の書店にあふれていた。タイトルからその警告的な内容が見てとれる。それは例えば、『海峡トンネルの奪取』……『ブローニュの戦い』……などである。このようなプロパガンダ作品は世論を海峡トンネルに反対するように仕向ける、という一つの目的のためだけに書かれたものである。

([T]he railway bookstalls were covered with stories of imaginary invasions written in the great cause of the nation versus the tunnel. The titles carried their message of warning: *The Seizure of the Channel Tunnel* ..... *The Battle of Boulogne*..... Propaganda of this kind was completely single minded in its attempt to influence public opinion against the Channel Tunnel. *Voices Prophesying War* 98)

ここで、彼が言わんとするのは、当時、海峡トンネル建設に反対する目的で書かれた侵攻小説作品がいかにマーケットを席巻していたかということである。引用では省略しているが、ここでクラークはその運動に貢献した作品名を七タイトルも挙げている。また、そのプロパガンダ的特徴について、トンネル建設反対に特化した作品であるとも言及している。しかし、クラークはその作品群の中に『ブローニュの戦い』まで含めている。この作品の内容をかいつまんで言えば、海峡トンネルによって英国がより栄えるようになるという話であり、トンネル建設には反対するのではなく、むしろ賛成する立場で書かれたと考える方が自然な作品である。

上述したように『英国への侵攻』についてトンネル建設を題材にした作品だと誤解されていることに加え、クラークのように侵攻小説を丁寧に研究した人物でも、このジャンルが根付いた契機となる「海峡トンネル危機」に限って言えば、このジャンルの作品を集合的に論じるあまり、『ブローニュの戦い』のように個々の作品を未消化にしたまま論じていると考えられるのである。このようなことからも、「海峡トンネル危機」に関連した侵攻小説作品は、その内容を分析して「ドーキングの戦い」から始まるこのジャンルの発展を論じる必要性はあるだろう。

本書の第三部では、「海峡トンネル危機」が最も高まっていた一八八二年の作品の内、トンネル建設反対派を主体に描く『いかにジョン・ブルがロンドンを失ったか』、トンネル建設賛成派が主に描かれる『海峡トンネルの話』、そして、英国への侵攻を画策するフランスの視点で描く『ブローニュの戦い、いかにカレーが再び英国領となったか』を取り上げ、侵攻小説における「海峡トンネル危機」への取り組み方をプロパガンダ的手法という観点を含め多角的に分析し、このジャンルが英国で、また、プロパガンダ装置として成立するようすを明らかにしたい。

第一部　「ドーキングの戦い」（"The Battle of Dorking"）

第一章　「ドーキングの戦い」（"The Battle of Dorking"）——前編——

はじめに

一八七一年に『ブラックウッド』誌（*Blackwood's Magazine*）の五月号に掲載され、外敵の脅威を喚起した一小説は英国内でセンセーションを巻き起こした。その小説は「ドーキングの戦い、あるボランティア隊員の回顧」と題され、著者は匿名であったが、後にジョージ・チェスニーという、当時陸軍中佐でサリー州に設立されたばかりの「王立インド工科大学」（Royal Indian Engineering College）の校長であった人物であるということが明らかになっている（Stearn 329）。

この小説の高い人気は当時の新聞記事や回想などで推測することができる。例えば、「ドーキングの戦い」が出版されて一ヶ月と経たない五月二〇日には「皆が今月の『ブラックウッド』誌の巻頭作品について話している」（"Everybody is talking about the first paper in *Blackwood* for this month", "The Battle of Dorking" *Hampshire Advertiser* 4）と報道された。さらには、この作品が含まれた『ブラックウッド』誌の五月号は六月一六日までに第六版を数え、このことは、「我々の知る限り、月刊誌の歴史においては前代未聞である」（"a fact unparalleled, we believe, in the history of monthlies", "Local Notes" *Newcastle and Courant* 3）、とまで言われ、「ドーキングの戦い」の人気の凄まじさを物語っている。ある英国海軍大佐は一八八七年に出版した著書で、当時「ドーキングの戦い」を読んだ感想について、「この巧みに作られた英国の侵攻物語を読み終え、私は、英国が半ば侵攻されてしまったかのような気持ちになったのだ」（"At the conclusion of the well-told tale of England's invasion, I, for one, felt my country to be more than half conquered", *The Battle of Worthing* 8-9）、と述べている。このように一八七一年当時、士官だったであろう著者でさえ、この小説を読んだことで強い国防の危機を感じたというのである。一般人の反応を垣間みる事ができるものとしては「社交場ではウェイターが五分と経たず読み終えたかどうか尋ねてくる」（"nobody can take it up for five minutes in the club without a waiter coming to ask if he is done with it", Porter 302）、と奪い合うように「ドーキングの戦い」が読まれていたことが、この作品を編集したジョン・ブラックウッド（John Blackwood）の手紙に書いてある。また、この手紙を編纂したブラックウッドの娘ジェラルド・ポーター（Gerald Porter）によれば、「ドーキングの戦い」は作者による改訂を経てパンフレットとして出版され、六月までに八万部、その後十一万部まで売り上げを伸ばしとある（Porter 302）。出版業界の専門紙の『出版業者の回覧物』では、一八七一年に刊行された二十タイトルもの書籍が「ドーキングの戦い」の関連作品として挙げられている。[一] それ以降も第一次世界大戦勃発の一九一四年まで、この作品のスタイルを踏襲した物語は多く出版され、それらは「ドーキングの戦い関連出版物」（"Battle of Dorking literature", *The Publishers' Circular* vol. 34, 94）と呼ばれたり、その種の作品は「ドーキングの戦い型」（"Battle-of-Dorking style", "The Latest Utopia", *Pall Mall Gazette* 2）などと呼ばれることもあった。当然のごとく、重要な人物達もこの作品に言及しており、それは、例えばウェールズ皇太子（Prince of Wales）やケンブリッジ公（Duke of Cambridge）、当時の宰相だったウィリアム・グラッドストン（William Gladstone）などが挙げられる。[二]

「ドーキングの戦い」やそれに関係する作品は現在侵攻小説などと呼ばれるが、「ドーキングの戦い」は、その侵攻小説というS・F小説の一ジャンルの始まりとなった作品であるとされる（Clarke *Voices Prophesying War* 28）。これらの作品群は日本では未来戦記、あるいは架空戦記と呼ばれるものに相当するのかもしれない。写実的な描写で近未来の外国からの侵攻をナレーターが回想するという「ドーキングの戦い」の形式は多くの作家によって使われ、この作品から始まったトレンドはウィリアム・ル・キューやアースキン・チルダーズだけでなくH・G・ウェルズなどにも受け継がれている（Clarke *The Great War with Germany* 2-5）。

このように英文学における重要な作品である「ドーキングの戦い」だが、これは明らかに政治的なプロパガンダ小説である。また、この作品のスタイルに倣った作品の多くも、やはり多くはプロパガンダ小説である。フィクションの形をとり、国防の問題点を挙げ、他国の侵攻による近い未来の自国の破滅をリアルに描くという手法で、読者が感じる恐怖を利用し、著者の政治的な主張を支持してもらう、というやり方である。また、その書き方は「この侵攻による恐怖の形は他のほとんどの文学ジャンルよりも論争を巻き起こす意図が明確である」（“The polemical intentions of the invasion-scare form are fairly transparent …… than most other literary genres”, Matin “The Creativity” 804）、と評されるように、世論に影響を与えることを目的としているという特徴がある。

しかし、物語を書くことで世論に影響を与えようとすることは特別なことではない。物語によって特定の思想を広めようすることは、言葉の発明くらい古い歴史を持っているだろう。反対に、一切の目的を持たずに物語を語るというのは不可能なことでもあり、すべての物語には何かしらの意図があるから語られるわけである。それでも、この作品を特にプロパガンダ作品として論じるべきなのは、例えば、クラークは「ドーキングの戦い」ついて「この作品は間違いなくジュニアス・レターズ以降、最も優れたプロパガンダであった」（“It was undoubtedly the most remarkable propaganda piece that had appeared since the time of the Junius Letters”, Clarke *Voices Prophesying War*

ー）、と論じていること、あるいはロージャー・スターン（Roger Stearn）はこの作品を「防衛力向上のために意図して書かれたプロパガンダ」（“intended as propaganda for improved defence”, Stearn 329）、と述べているように「ドーキングの戦い」はS・F小説の重要な作品でありながら、目的が明確、かつ、それを達成するためのプロパガンダとしてのテクニックが優れているからである。

それゆえ、この章では、この作品がプロパガンダとして社会に与えた面を中心に分析を試みたい。まず、「ドーキングの戦い」の出版を一つの社会的事象として捉え、この作品が書かれた背景を論じ、その社会的の反応から、「ドーキングの戦い」に対していかなる対抗手段が講じられたかを特定し、読者や社会に与えた影響を考察したい。

I　「ドーキングの戦い」のプロットについて

「ドーキングの戦い」の作品中の時代設定は出版時期から程遠くない未来、はっきり語られないが、一八七五年と推定できる架空の英国の敗戦から五十年後である。その一九二五年と思われる時点から、かつての、つまり一八七五年の戦争時、英国ボランティア隊員[三]として戦争に加わった老人が戦争体験を孫たちに語るという手法で物語が進む。孫たちはすっかり貧しくなってしまった英国を捨て、新天地で新たな生活を始めようとしており、この老人は自分たちの世代が犯してしまった重大な過ちを彼らに教訓として話しているという設定である。

作中では、当時の英国にとって軍の近代化、効率化を進めることが緊急の課題であったにも関わらず、それらが全く進展しない政治的な状況が語られ、いかに英国は敵の侵入を許してしまったかが語られる。まず、世界中に散らばっていた大英帝国領で問題が同時多発的に起こり、英国軍がそれらの解決にあたっていた。このことにより、英国本土周辺海域の防衛ががら空きになってしまい、敵軍が上陸に成功したというものだ。そして、ナレーターは当時の自身の経験を語り始める。

敵軍の侵入の知らせはロンドンに届き、街中が混乱に陥った。彼は心配する家族を後に、ボランティア隊員としての役目を果たすため現地の守備隊に加わり、敵を迎え撃つためにロンドンの南、ドーキングへ向かった。そこで彼を悩ませたのは兵糧の配達の遅れであった。届いた食べ物はただの小麦粉であったり、開けることのできない缶詰などで、軍の効率化が進まなかったことの弊害を彼は体験し始めたのである。六十年前のワーテルローの戦い以降、英国軍は進歩していなかったのである。彼や彼が所属するボランティア隊が皆ほとんど訓練を受けていない素人の集団だったことから、彼自身為すべきことも分からないまま、ただ恐れの中でドーキングへ向かわなければならなかった。ドーキングに着いてからは、素人集団である彼の隊は首都に北上する敵に簡単に敗れた。ナレーターはなんとか農家に逃げ込んだが、そこはすでに敵に占拠されており、ドイツ語を話す敵兵に見つかり殴られて失神した。

ここで彼は戦争の回想を止める。戦争の結果は、英国は海外のすべての領土を失い、それだけでなく英国自体が国ですらなくなったというものであった。敵国の一つの州となり、その状況下ですっかり貧しくなってしまったのだ。ナレーターはこの五十年間をただ後悔の中で生きてきたと語る。その後悔とは、英国の悲劇は簡単に防ぐことができたのに、彼や彼と同時代の人間はその必要な改革を怠ったというものだ。最後に、語り手が、この英国の失敗を新天地では繰り返すことがないよう孫たちに説いて物語は終わる。

Ⅱ　アラーミズムを利用する作者

この作品は英国で広く話題になったのだが、その発表からわずか四ヶ月後の九月頃、「この頃になると、チェスニーの物語は英国を怖がらせる力を失っていく」（“By that time Chesney's story was losing its power to frighten the nation”, Clarke “The Battle of Dorking” 325）、とI・F・クラークが指摘するように、その支持は下火となる。さらに、この作品は国民的なジョークとして扱われ始める。それは、些細な怪我をした人に「ドーキングの戦いで負傷したのか」（“Weren't you wounded at the battle of Dorking?”, Clarke *Voices Prophesying War* 42）と訊ねる内容で、当時人気のコメディアンだったアーサー・スケッチリー（Arthor Sketchley）が最初に言ったとされる。もはや、「ドーキングの戦い」の内容を真剣に受け取る人は嘲笑の対象となってしまったことがわかる。しかし、時の首相によって言及されたほど高い社会的影響力を持つに至ったこの作品の人気が、短い期間に急に失われたというのは少し不自然さを覚える。

侵攻小説の生みの親であるこの作品が世間を圧倒するほどの人気を誇り、そして、蔑まれ、読まれなくなっていった、というのは英文学史上のひとつの事件といえるが、その過程については現在までの研究では議論されていない。しかし、その評価の変化の一因を探る手がかりとして、「ドーキングの戦い」に否定的なメディアの論調が、英国がドイツ軍に侵攻されるというこの作品の「予言」は的外れであるという内容におおむね終始していることは注目に値するだろう。そこで、特に一八七一年五月の作品発表から四ヶ月間を対象にメディアの言説等を紹介し、当時の英国の国防についての社会的雰囲気を考察しながら、「ドーキングの戦い」の当時の評価について論じたい。

まず、この作品が書かれるのには、次のような背景があった。ヨーロッパ大陸における最強の軍事力と見做されていたフランス軍が圧倒的なスピードで打ち負かされ、プロイセンの勝利が確実視されるようになった一八七〇年の秋頃からアラーミズムと呼ばれるトレンドが英国中で見られるようになる。この英国内の混乱はヨーロッパのパワーバランスが変わったことによる当然の反応といえる。『デイリーニュース』紙（*Daily News*）はこの戦争の開始間もない八月下旬には十五万のプロイセン軍のパリ入城に際して、「最も危機に敏感なアラーミストであっても、十五万もの兵士がロンドンに行進していくときに英国人がどのような気持ちになるかを十分に理解しようとしたとはいえないだろう」（“Probably not the most panic-striken alarmist …… ever thoroughly attempted to understand what would be the feeling of Englishmen if 150,000 men were marching upon London”,“The War” 4)、との感想を加えて報道をしている。これは、どのような英国のアラーミストの想像をも上回る事態が現実には起こり得るのだという論調であり、今以上に英国は列強に対して警戒し、対策を講じなければならないと世論に訴えかけているようである。この記事は普仏戦争に関連して一八七〇年から一八七一年に流行したアラーミズムの先駆けといえる記事である。その後、ドイツの台頭を背景にした英国の危機を唱える論説は増えていき、翌年一月の『ペルメル・ガジェット』紙（*Pall Mall Gazette*）では「ほとんどの英国人は現状、この国が攻撃に対してきちんと守られていないと考えている」（“most Englishmen believe that at present the country is not properly secured against attack”,“National Defence and Foreign Policy” 1）と、この頃には英国では自国の防衛力を不安視する声が多くなっていることが推測できるだろう。また、ここで語られる「攻撃」とは地上戦のことを指しているに違いない。当時の英国海軍は世界最強であり、突如一番の仮想敵国となったドイツであるがその海軍力は、まだ取るに足らない存在であったからだ。それでも、このような論調は英国がヨーロッパと陸続きになっているかのように、陸軍力の優劣が英国の安全を左右すると短絡的に読者の危機感を募らせる要因ともなり得ただろう。

英国における当時支配的だった防衛上の思想に「外洋学派」(四)（Blue Water School）と呼ばれるものがあった。これは、本土防衛における海軍の重要性を唱えるもので、その概要は次の通りである。もし、英国がブリテン島周辺の制海権を敵に奪われれば、その敵は、英国本土に上陸するという危険を冒さずとも、英国を兵糧攻めにして勝てる。それゆえ、制海権の維持が防衛の要で、陸軍力は副次的な戦力であると唱えた内容だった。つまり、英国陸軍は他の列強の陸軍と対等な力を持つ必要はないという考えであった。この考えの支持者だった首相のグラッドストンは、さらに、外交努力で周辺国と平和関係を維持することで、大規模な防衛費の削減を進めようという方針のもと、エドワード・カードウェル（Edward Cardwell）に軍の改革をさせる。[五] 彼は一八六九年から一八七一年の間、実に三十パーセントもの軍事費を削減した。その削減された費用の内訳に国内の歩兵大隊の縮小も含まれたのは、グラッドストンの「外洋学派」に基づく考えが反映されているといえるだろう。

しかし、陸軍のトップだったケンブリッジ公は国防力の低下を理由にこれに反対した（Bond 35）。わずか三十キロメートル隔てた海の向こうにある、第一級の陸軍力であるはずのフランス軍が無残に敗北していた事実から生まれる英国民の心理的な動揺に加え、ヨーロッパ列強に匹敵する強い陸軍を持っていないということへの漠然とした不安、そのような時期に行われていた大幅な軍事費の削減というグラッドストンの方針に対する不満も加わり、一八七〇年後半から英国民の間で起こったアラーミズムは、急速に力を増したと考えられる。

このような英国民の不満・不安の中、一八七一年の二月にチェスニーは『ブラックウッド』誌の編集者だったジョン・ブラックウッドに小説執筆の意思を手紙で伝える。それは「徹底した改革の必要性をこの国に気付かせるのには物語の手法をとるのが有用かもしれないということを思い立った」（“The idea has occurred to me that a useful way of bringing home to the country the necessity for thorough reorganisation might be by a tale” Porter 299）、というものだった。この内容から見て取れるように、カードウェルの軍事改革への不満、広く言えば、陸軍の防衛力そのものに不満があることから、彼は執筆を決意したといえる。

軍人が世間に政治的意見を発信するというのは、当時珍しいものではなかった。[六] ブラックウッドが「近頃では、軍人は執筆する腕を持つ、あるいは、［従軍記者である］ビリー・ラッセルを雇うことができなければチャンスはない」（“In these days a soldier has no chance unless he is able to use pen or charter a Billy Russell to do it for him”. Stearn

“General Sir George Chesney” 110）、と言ったように多くの軍人が昇進などの為に雑誌に投稿していた時代であったからだ。また『ブラックウッド』誌は政治的に保守でミドルクラスの人たちに好まれていたことと、著者の匿名性を守るという姿勢から多くの軍人がこの雑誌に投稿し、それに加えて社会に与えた有益な影響は軍内で評価されるという利点があったことから、チェスニーはただ英国本土の防衛力を心配して作品を書いたという訳ではないのかもしれない。このような背景を考えると、ドイツが台頭したことによる理性的というよりは本能的な英国民の不安の高まりを利用する形で、チェスニーはドイツ軍による徹底的な英国の敗戦を描いた作品を書いたともいえる。

それでも陸軍の問題点を一般読者に分かるよう大げさに描き、陸軍の最適化の必要性を直接彼らに訴え、市民レベルの議論を喚起するというのが、この作品の第一の目的ではないだろうか。しかし、「ドーキングの戦い」はアラーミズムの高まりを利用しているということや、その陸軍力を高める主張は軍事費の増大にも繋がるということ、それに政権批判が内容の主軸にもなっていることから、この作品はその人気の高まりとともに、メディアなどからの痛烈な批判を浴びせられることとなった。

Ⅲ　メディアの批判と作者の弁明

この作品の高い人気により、チェスニーの頭を最も悩ませていたのは、グラッドストンへの対応だろう。それは、この作品の内容が陸軍の増強を訴える内容であるとともに、トーリー党のプロパガンダ作品であるとメディアが論じていたからである。ある昼食時にグラッドストンは「ドーキングの戦い」の話題が出ると感情を露にして怒った、という話をチェスニーは友人から聞いた。彼は初めから政府の政策批判をするつもりで作品を書いたわけだが、首相の耳に入るほどの作品になるとは、彼自身予想外だったのではないだろうか。このグラッドストンの態度を聞いて恐れた彼は、ブラックウッドに手紙を送り「今は首相の悪書には数え入れられたくない」（“I don't want to be on the Prime Minister's bad books just now”, Finkelstein 94）、と伝え、すぐに『スペクテーター』紙（*Spectator*）に弁解の手紙を投稿する。そこで彼は「私はリベラル以外の何者でもない」（“I am nothing if not a Liberal”, “The Battle of Dorking” *Spectator* 15）と保守派であるトーリー党の支持者ではないことを明確に訴え、グラッドストン率いるホイッグ党に沿う政治的信条を述べる。さらに、国内の防衛については「少なくとも、この問題の解決に取り掛かったのは現政権が初めてなのである」（“the present Government has at any rate been the first to attempt to deal with the matter”, “The Battle of Dorking” *Spectator* 15）、とこの内閣が軍事改革という「問題の解決」に乗り出していることを語り、政府と作者に立場の相違はないことを強調している。さらには「ドーキングの戦い」がパンフレットで出版されることが決まると、彼は一週間というスピードで書き直したのだが（Finkelstein 91）、その改変した内容では、政府への批判を削る努力をしている。しかし、その後でさえ、あるメディアがチェスニーの主張とグラッドストンの政策とを対比し、「彼か作者のどちらかが射殺されるに価する」（“He or the author deserves to be shot”, “News of the Day” *Birmingham Daily Post* 4）と対立を煽ったのは、彼の改変などの努力があまり功を奏していなかったことを物語っている。

彼がこのように作品の印象を変えようと努力したのは、メディアがこの作品の著者探しに本腰を入れ始めていたからだろう。匿名性は担保されていたはずだったが、その人気ゆえに作品発表から一ヶ月も立たない内に、著者を特定するメディアの動きが活発になっていたことも、自分の立場を危うくするものとして彼は重圧に感じていたはずだ。

はじめはヘムリー（Hamley）大佐という人物が作家としても知られていたことから作者の第一候補として挙がっており、それは間違っていたが、陸軍の関係者による作品であるという推測で探していたことは当っていた

（“The Battle of Dorking” *Spectator* 12）。そして、作品出版の約二ヶ月後にロイターが「『ドーキングの戦い』の作者が誰であるかということへの関心は非常に高まっているが、我々が自信を持って明言できると考えているのは、これはジョージ・チェスニー大佐によって書かれたものであるということだ」（“As a good deal of curiousity exists as to the authorship of the ‘Battle of Dorking,’ we may believe we may state with confidence that it was written by Colonel George Chesney”. “Rueter’s Telegrams” *Pall Mall Gazette* 8）、と初めて正しい人物を特定するのである。このロイターの発表の後は、著者探しの報道がすっかり止んだことから、チェスニーが作者であることは一般的に受け入れられたのだと考えられる。これまでの研究ではチェスニーが作者であることは、すぐに明らかになったとされるし、上述の資料からも同じことがいえるが、彼がそれを認めていなかったことは付け加えておきたい。例えば、数年後に発表された彼の作品『真の改革者』（*The True Reformer*, 1874）と『ジレンマ』（*The Dilemma*, 1876）の著者は匿名で、ただ「ドーキングの戦い」の作者としか書かれていない。さらに、ロイターの発表約一年後に開かれた財務大臣ウィリアム・ハーカー（William Harcour）と軍人であり歴史家でもあった、チェスニーの兄チャールズ・チェスニー（Charles Chesney）とのディベートでは、この作品の著者をただ「作者」（“the author”）としか呼ばないのである（Matin “Scrutinizing The Battle of Dorking” 392 and 394）。加えて、一八八二年に出版されたカタログでは『真の改革者』と『ジレンマ』を「ドーキングの戦い」の作者によるものとしていながら、その括弧書きでは前者には彼の親戚であるフランシス・チェスニー（Francis Chesney）、後者には前出の兄の名前がそれぞれ書かれており（Halkett and Laing vol. 4, 2673 and vol. 1, 633）、チェスニーが当時「ドーキングの戦い」の作者だったとは公に認められていたとはいえない可能性もある。

　このように、「ドーキングの戦い」出版後の数年間チェスニーは自身が著者であることを認めていなかった。そしてブラックウッドも彼を守り、このことは口外しなかったようである。匿名で作品を書いたことは彼の個人的な理由からであろう。また、彼が軍人であったことから、外国を仮想敵国と考えるのは自然であり、英国の破滅を描くことは読者に外国、特にドイツへの恐怖心を植え付ける効果を持っていただろう。このような彼の作品の内容と、その大きな人気は平和外交による軍事費の削減を目指すグラッドストンの政策の足かせになり得る。一介の軍人だったチェスニーにとって、自分が政府を非難する作品の作者であることが知られてしまうことは、自身の出世の道を断たれてしまう可能性があり非常にまずかったのである。

『パンチ』誌（*Punch*）や『タイムズ』紙など「ドーキングの戦い」に否定的なメディアは、この作品が起こしたセンセーションの沈静化に積極的だった。例えば、『パンチ』誌は「ドーキング」という名詞が地名だけでなく、鶏の品種でもあることから作品を「闘鶏」（“A cock fight”, vol. 60, 253）と揶揄した。これはただの悪口ではないかとも思えるが、「ドーキングの戦い」は馬鹿にすべき読み物という立場でこの作品を非難する。さらに同誌は、英国へのドイツ人入国者数の統計を用いて、これだけの「侵入者」がいるから「ドーキングの戦い」の作者にも知らせなければ（vol. 61, 89）、という調子で、五月から九月まで一貫して、この作品は馬鹿げているという印象作りを続けた。

『タイムズ』紙は当時最も有能とされたジャーナリストで、ブラックウッドが言うところの「ビリー・ラッセル」の一人といえるエイブラハム・ヘイワード（Abraham Hayward）を雇い匿名で物語を書かせた。彼は「二度目の無敵艦隊、未来の歴史から」（“The Second Armada; a Chapter of Future History”）と題した作品をすぐに書き上げ、それは、まず六月二二日に『タイムズ』紙に掲載され、すぐにパンフレットとして出版された。

「ドーキングの戦い」に触発された作品は一八七一年だけで二十作品を数えるが、それらの作品の中でも、「二度目の無敵艦隊」は突出して話題になった作品であろう。作品のタイトルは有名な「一七七九年の無敵艦隊」、つまり、フランスとスペインによる計画倒れになった英国への侵攻からつけられた名前である。いまや国民的となった侵攻されるということへの不安は取り越し苦労だとそのタイトルから言っているのである。これが「ドーキングの戦い」を中心としたアラーミズムに対抗して書かれたのは言うまでもない。「二度目の無敵艦隊」は、書き出しの「フランスとドイツの戦争が終わって少し経った後、英国のアラーミストは無分別といえるほど愚かになったようである」（“Shortly after the close of the war between France and Germany, in 1871, the English alarmists seemed unreasonable to an extent that verged on foolishness”, *The Second Armada* 1）、という箇所からも明確なように、アラーミストたちへの牽制から始まるのである。そして、プロットは「ドーキングの戦い」のように、手薄になったドーバー海峡の守りを破られ、英国は苦戦を強いられるが、体制を立て直した英国海軍により敵の軍は完敗するというものだ。手法も「ドーキングの戦い」とよく似ており、やはり、近未来の出来事をより遠い未来から語る「未来の歴史」である。そして、『タイムズ』紙のみならず、その他多くの新聞も「ドーキングの戦い」よりも真実味があり、よく出来た作品だと評価した。しかし、これによってアラーミズムの沈静化、そして、「ドーキングの戦い」の勢いを止めることは出来なかった。『タイムズ』紙という最大手メディアの努力も、アラーミストたちを上手く味方につけたチェスニーの運と才能に勝らなかったといえる。プロパガンダをより効果的なものにする手法について、専門家は民衆が既に持っている知識、感情を利用することが肝要だと言うが（Jowett and O'Donnell 221）、この視点から述べるなら、「二度目の無敵艦隊」が想起させようとした読者の知識は古い歴史の一ページに過ぎず、それに紐づけられた感情を利用するということは難しいだろう。しかし、「ドーキングの戦い」は、普仏戦争の経緯や結果、また、それにより多くの英国民が抱くことになった強大なドイツ帝国への警戒心を用いた点で、より効果的なプロパガンダであったともいえるだろう。A・マイケル・マーティンは一八七一年から一九一四年までに刊行された百タイトル以上の侵攻小説作品を分析し、それらすべてに共通する点として「記事になった事実とフィクションを混ぜたもの」（“The Blending of documented facts with fiction”, “The Creativity of War Planners” 804）、が挙げられることに加え、「身近な地元の地理的描写」（“geographical depictions of familiar local detail” ibid 804）があることを指摘している。「ドーキングの戦い」も、多くの読者が持っている共通した知識を積極的に利用して、それを土台とした作品作りをしているのだ。

それでも、この作品は、その後の急速なアラーミズムの終焉とともに社会への影響力を失っていくことになる。当時のドイツ軍がブリテン島の上陸に成功する可能性は低かったにも関わらず、起こってしまったアラーミズムを収束させる手立ては一つだったように思われる。それは、自国が安全であるという世論を作ることである。メディアはそのような世論形成に成功していなかったが、英国民が強力なドイツ帝国の誕生を目の当たりにしたことによる恐怖心を打ち消せるのには、英国軍の強さを軍事演習によって自国民に見せつけるという方法が結果的に良かったと考えられる。

Ⅳ　軍事演習とアラーミズムの収束

グラッドストンは自身の日記で、「ドーキングの戦い」は「不可能、あるいは信じられない多くの推測を束ねたものだ」（“heaping together a mass of impossible or incredible suppositions”, Finkelstein 88）、と書いて、その内容は出鱈目である、とこの作品を強く非難している。グラッドストンの政策の一つには外交による周辺国との平和関係の維持により、防衛費を削減することが挙げられるが、アラーミズムが止まないなか、軍事費を減らすことは多くの支持者を失う危険性があった。そして、政府は平時における初めての大規模軍事演習を行う決断をするのだが、これは、当時流行していたアラーミズムとは無関係ではない。つまり、この軍事演習は多くのメディアが挑戦したが沈静化できなかったアラーミズムと、その中心的な存在となった「ドーキングの戦い」に向けた、現実の軍事力を使った強力なカウンタープロパガンダだったのだ。

この軍事演習の開始をメディアは「ドーキングの戦いは間もなく開戦」（“Battle of Dorking is about to be fought out”, “The Military Manoeuvres” *Liverpool Mercury* 3）と伝えたように、あるいは、この九月に行われた軍事演習そのものが「ドーキング演習」（“Dorking Manouevres” Finkelstein 94）と呼ばれたように、これは「ドーキングの戦い」の間違いを検証する類のものだと見られていたことが分かる。平時に前例のない大規模軍事演習が行われたこととアラーミズムは十分に関係しているし、世間はそれと「ドーキングの戦い」を結びつけて考えていた。さらに、「この作品は高次の権力者の耳にも届き、我々の軍を改革し、再編成し、回復させるという解決策ができた」（“It [“The Battle of Dorking”] reached the ears of the powers above and the resolution was formed of reforming, reorganising, and rehabilitating what army we have”, “The Autumn Campaign” *Western Times* 2）、という記事は、この作品の影響力によって低下した陸軍の信用の回復に政府がついに乗り出したと語っている訳であるから、演習が「ドーキングの戦い」によって実現したと世間が考えている顕著な例と考えられる。

大規模軍事演習といえども、普通に考えれば訓練であるため敵役の動きは予定通りであり、いかようにも英国は守られているとアピールすることが出来るであろう。ボランティア隊を含めた英国陸軍が演習という目に見える軍事力で予定通りに圧倒的な勝利をおさめるという筋書きである。それは、茶番とさえいえるのではないかと思うが、『パンチ』誌の「万事良し」（“All's Pretty Well”, vol. 61, 125）という報道を始め、多くのグラッドストン寄りのメディアはこの軍事演習を絶賛し、英国はしっかり守られているということを強調した。二週間に及び、三万三千人が参加したといわれる英国各地で行われたこの演習とその報道は、これまでのメディアの記事よりも強力かつ、効果的に「ドーキングの戦い」を攻撃したのである。

この作品で指摘された軍の無能さへの懸念が、演習で払拭されたと考えるのはメディアの一般的な反応だった。

また民衆の反応として読み取れるものは「ドーキングの戦い」の売り上げが激減したことが挙げられるだろう。また、作品発表の五月以降九月まで、英国中で毎月五十本以上もあった「ドーキングの戦い」を扱う新聞記事は、演習以降はほぼ皆無となったという事実もある。「ドーキングの戦い」は写実的に英国軍の弱さを読者に見せることができたが、軍事演習は英国軍が力強く機能的に働いているようすを実際に世間に見せることができたのである。多くのメディアのように英国は安全であると語るよりも、実際に英国がいかに守られているかを現実に見せる方がどれほど民衆への説得力が強いだろうか。演習による英国本土の防衛は十分であるという認識の高まりで、「ドーキングの戦い」とアラーミズムは一時期冷ややかな目に晒されるようになったのだ。

おわりに

このように、ある一時期にセンセーションを巻き起こした、「ドーキングの戦い」は一部のメディアや政治家による非難を受けながらも、読者に根強い人気を誇っていた。この作品がフィクションでありながらも、英国中に恐怖を与えたというのは、現実の列強に対する読者の漠然とした不安を上手に代弁したものだったからである。それゆえ、政府による軍の最適化が進まないことをフィクションの形で読者に訴え国防の改善を図るという作者の思惑から書かれたこの作品は、アラーミストたちを代表する声となったのである。

メディアによって行われた「ドーキングの戦い」とそれを中心とするアラーミズムを無力化する努力はどれも功を奏さなかったが、三万人以上を動員して行われた軍事演習によって、ついに、世論はアラーミズムを捨て去るに至った。しかし、軍事演習が始まるまではグラッドストンが「不可能な、あるいは信じられない多くの推測を束ねたものだ」（“heaping together a mass of impossible or incredible suppositions” Finkelstein 88）、と日記に記したように、チェスニーの作品に強い嫌悪感を抱いていたのだが、それでもこの作品は普仏戦争以後のアラーミスト達を束ねるほどの力を持つに至ったのである。チェスニーが指摘した防衛力の脆弱性は演習によって否定されることとなったが、それに至るには多くメディアの作品への攻撃があったし、結果的に「ドーキングの戦い」は求心力を失うものの、一時は英国政府まで動かすほどの力を持ったのであった。

この作品以降の侵攻小説作品は一八八二年に国民的議論を引き起こした英仏海峡の海底トンネル建設に際して起こった「海峡トンネル危機」までの十一年間、ほとんど刊行されることはなかった。その間に出版されたものは、海外の作品が目立ち、英国で書かれたものは主に露土戦争（一八七七―七八）と、それに関係する東方問題に呼応して書かれた作品がほそぼそと出版されていたにすぎない。この侵攻小説の不人気の理由は、フランスの圧倒的敗北とドイツ帝国の隆盛というショックがありながらも、軍事演習によって英国民の自信が回復したことが挙げられるだろう。しかし「ドーキングの戦い」が完全に忘れられたわけではなかった。

ヨーロッパ大陸とトンネルで繋がることで英国が地政学的な優位性を失うという言説が英国内で支配的になった一八八二年の「海峡トンネル危機」をむかえた時に爆発的といっていいほど侵攻小説作品が世に出た。これは、一八七〇年代のように英国への侵攻の危機が少ない時期でもこのジャンルの作品が出続けていたことが土台となっているだろう。たとえば、当時発表された『いかにジョン・ブルはロンドンを失ったか』は「『ドーキングの戦い』以降、我々はこのジャンルの作品では、これ以上良く書かれた本は読んでいない。そして、この作品を読者へ推薦するのに躊躇しない」（“Since the ‘Battle of Dorking’ we have not read a better written book of the class, and can readily recommend it to our readers”, “How John Bull Lost London” *Aldershot Military Gazette 7*）、と当時の新聞で評価されたのは、「このジャンル」との言葉で、侵攻小説の存在が社会に根付いていることが見えてくる。また、この『ジョン・ブル』の社会的な話題性としては、クラークが「小さな動揺をもたらした」（“caused a minor sensation”

Clarke *Voices Prophesying War* 98）、というように、そのオリジナルほどではないものの話題になった作品である。この作品が「ドーキングの戦い」以降、一八八二年までの間で最も高い評価を得ているのは、その間の侵攻小説自体の落ち込みを示す一例であるが、プロパガンダとしての地位を築く重要な期間でもあったのだ。「ドーキングの戦い」という発明は、息絶えることなく人々から利用されていたのである。そして「海峡トンネル危機」以降、侵攻小説は有力なプロパガンダの手法とみなされるようになるのである。

第二章　「ドーキングの戦い」（"The Battle of Dorking"）——後編——

はじめに

「ドーキングの戦い」は、英国の破滅とその原因をかつての英国ボランティア隊員である老人が孫に語るという内容である。その原因とは本章で扱うように、中産階級の人々が情熱を金儲けに傾けていたこと、政治家はポピュリズムに走っていたこと、そして労働者階級にまで選挙権が拡大されたことである。これらの要素が危険に混じり合ってしまい、英国は破滅するのに熟してしまったのである。

前章では、この作品が高い人気を誇ったにも関わらずわずか四ヶ月という短い期間でその人気が失われていったという過程について、世論の移り変わりを論じることで明らかにしようと試みた。この章では、その評価の変化が起こる要因となったものをこの作品のテクスト、特にその批判対象への語りを分析することで探りたい。さらに、多くの読者に恐怖心を与えたこの作品の優れた描写力も合わせて論じ、「ドーキングの戦い」が当時の英国で賛否両論を生み出していた理由を明らかにしたい。

Ⅰ　批判対象の設定

英国の防衛力を憂う作者のチェスニーはできるだけ多くの英国人に国防への危機感を持って欲しい、と考えていたはずである。しかし、彼は労働者階級の人々に対しては、そのような考えは持っていなかったようだ。保守派の中産階級に読まれていた『ブラックウッド』誌で「ドーキングの戦い」を発表したということから、読者層を戦略的に絞っていたと考えられる。そして、そのような試みは、作品の主人公の人物設定にも表れている。五十年前、つまりドーキングでの戦いが起こった当時の主人公は、「我々ボランティア隊は訓練と準備に忙しかったが、我々の内でも私のように政府の機関で仕事をしているものは、事務所での仕事にてんてこ舞いだった」（“though we volunteers were busy with our drill and preparations, those of us, who, like myself, belonged to Government offices, had more than enough of office work to do” 546）と語るように、彼はホワイトカラーで中流の人物であることが分かる。さらに、ロンドンの町中が外国軍の侵攻を受けているにもかかわらず「この家の静かさは、過ぎ去った幸せな日々の舞踏会やパーティーから帰った時のようだった」（“The house in its stillness was just as it used to be when I came home alone from balls or parties in the happy days gone by” 544）という描写は、中流以上の読者なら共感を持ち得る箇所であろう。さらに、彼の日常の様子は、「馴染みのクラブで昼食をとろうとパーラメント通りを渡った」（“I went across Parliament Street to my club to get some luncheon” 546）などと語られるように、労働者階級の読者とは共通点の無い、また、労働者階級の読者には感情移入がしづらい主人公の設定といえるだろう。主人公がロンドンの中心地を拠点にしているという点も多くの中流の読者に通じている。

このように労働者階級を無視したような作品の設定であるが、彼らについて言及している箇所もある。それは、作品の終わり、英国の悲劇の原因を要約する語りで、「権力は支配すること、政治的な危機に直面することに慣れていた層から、政治の権利を行使するための教育も訓練も受けておらず、扇動的な言説に惑わされる下層階級へと移った」（“Power was then passing away from the class which had been used to rule, and to face the political dangers ...... into the hands of the lower classes, uneducated, untrained to use of political rights and swayed by demagogue” 571）、という箇所である。「扇動的な言説に惑わされる」、というナレーターの言葉は労働者階級に対して改善を期待する批判ではなく、彼らの性質に関して述べられる一般論なのである。このようなことからも作者のチェスニーは手紙の中で英国人に向けて書いたと言いながらも労働者階級については読者として対象にしておらず、雑誌の典型的な中産階級の読者を想定していると考える方が自然である。「権利が下層階級へ移った」というのは、一八六八年の施行された選挙権拡大の法律について語っている。それも、軽蔑した語り口で英国の弱点は労働者階級が選挙権を手にしたことだと非難するのである。そして、それまで選挙権を独占していた層が、「政治的な危機に直面することに慣れていた」と語られるのには、作者はそれまで選挙権が上中流階級に限定されていたことを肯定的に捉え、労働者階級にまで選挙権が拡大されたことを英国の破滅にまで絡めて語るほど反対していたのである。しかし、グラッドストンがスピーチでこの作品に言及したところ、ブラックウッドは労働者階級にも買えるようにと、一ペニーか二ペンスでの出版を検討したのだった（Clarke “The Battle of Dorking” 322）。

そのように、労働者階級ではなく中流階級に向けて書かれた作品であるから、作者はその対象とする読者への共感や気づきを与える方法で物語を進めていくことが予想できるだろう。作者の話の展開には独特の流れがある。それは、まず読者を批判し、それから政治家への批判へと移る。そして、英国の帝国主義そのものへの批判へと展開するのだ。

Ⅱ　揺れる批判対象

中流の読者に向けて改革の主張を行おうとする作者のやり方はまず読者に罪の意識を持たせることだろう。作品の冒頭では、読者の象徴的人物とも考えられる主人公が、「我々の先祖から汚れなき状態で受け継いだ信頼を裏切った者の一人なのだ」（“one of those who betrayed the trust handed down to us unstained by our forefathers” 538）、と告白する。これは、作品で描かれる架空未来の英国の破滅の一翼を主人公が担ったことを意味する内容であると同時に、英国の一般人である読者も将来は深い罪人になると説く箇所である。そして、この主人公の語りにより、これから読者への批判や、彼らの反省を促していく語りが展開される。

ドイツによってもたらされた英国の損害をドイツではなく英国の責任に帰する立場の作者は、経済的繁栄に熱心な中産階級が国防に無関心でいたことを英国の悲劇の原因として挙げていく。作者は、その準備としてまず始めに人間一般の考えに言及し、「我々はなんと愚かだったのだ。富と繁栄は地方からもたらされてきて、それは止むことがないと思っていたのだから」（“Fools that we were! We thought that all this wealth and prosperity were sent to us by Province, and could not stop coming” 540）、と述べる。良いことであれ悪いことであれ、人間は現状がこれからも続くと思い込みやすいものである。作者は、誰にでも当てはまるこの人間の思考の習性を取り上げ、その習慣と侵攻の原因を関連づけるのだ。それによって、読者を作品で語られる英国の国防上の問題点に引き込みやすくしている。そして、無敵を誇ったフランス陸軍がドイツに簡単に敗れたことで英国にも危機が迫っていた、という背景で「明確な警告を受けた国があるとするなら、それは我々だったのだ」（“if ever a nation had a plain warning, we had” 540）、と語られる。ここには、普仏戦争の結果が英国にとっての「明確な警告」だったという作者の見方が表されているのだ。そのように警告を受けていた英国人を代弁して、「我々が教訓を心に刻む分別を持っていたということは考えられた」（"it might have been supposed that we should have the sense to take the lesson to heart" 540）、と語るが、「単純にこれまで我々の身に降りかかったことがなかったという理由で、惨劇が起こる可能性を信じなかった愚かさ」（"the folly of disbelieving in the possibility of disaster merely because it had never fallen upon us" 540）、と述べ、彼は英国民が普仏戦争の教訓を生かさず、愚かにも危機に対して向き合おうとしなかったことを責める。これはドイツはフランスに攻め入り勝ったのだから英国にも侵攻してくる、との当時の読者の不安を前提とした語りなのである。さらに、台頭するドイツという驚異を尻目に商売に勤しむ英国民へのあと智慧として、「我々は当時の産業を多少犠牲にすることは出来たはずだ。それでも、今よりはもっと栄えていたに違いない」（"We could have given up some of the industry of those days, forsooth, and yet be busier than we are now" 541）、とすっかり産業が衰退してしまった架空の未来から語り、英国民が自国の危機よりも目先の富に目を向けていたことで、結局大きな損を被ることになるのだという最悪な結果を提示するのだ。

作者による英国民についてのこれらの批判には「我々」（we）という主語が用いられる。それによって、主人公は一般読者と変わらぬ一人なのだということを強調して、主人公のように英国の未来に致命的な過ちを犯す彼と読者は同罪になり得るとの語りができるだろう。それは、即ち、ドイツの台頭とフランスの敗北は対岸の火事ではないと読者を自覚させる意図の現れである。一八七一年にドイツがフランスに勝利したのは事実であるが、英国民がみな危機に無関心だったとわけではない。ただ、彼は、皆が知っている事実と自身の想像を上手に混ぜ合わせ、彼が見せるべきと思った世界を読者に見せたのである。

このように、「我々」は英国の破滅の責任を負うものとして語られていたが、作者は、その後、責任を政治家に帰していく。それは、「与党の中にも過激な派閥があり、彼らは盲目的に軍備の削減を要求していた。その、彼らにも歩み寄って議員票を確保する必要があった」(“There was a Radical section of their party, too, whose votes had to be secured by conciliation, and which blindly demanded a reduction of armaments”, 541)、からなる箇所から始まる。これは、政権批判であるとともに、与党内の意見をまとめるために軍縮という意見も受け入れなければならない苦しい内閣の立場も代弁しているようである。しかし、次の箇所「内閣はこの口実に飛びついて、熱心ではなかった計画の良い点をすべて捨て去った。そして、艦隊と英仏海峡が十分な防衛力であると唱えた」(“The Ministry were only too glad of this excuse to give up all the strong points of a scheme which they were not really in earnest about. The fleet and the Channel, they said, were sufficient protection”, 541)、と語られる。ここで言われる「口実」とは軍縮を要求する与党内の意見のことである。軍縮のために頓挫した「計画」と語られるのは、同じく軍事に関する計画と推測され、「計画」を実行しないことの言い訳のように、艦隊と英仏海峡があることで英国は十分に守られていると語るのだから、その「計画」とは、グラッドストン内閣のもと、カードウェルが進めていた軍事改革のことであろう。先ほどの箇所とは違い、ここでは積極的に防衛改革を蔑ろにしていく内閣の姿が描かれるのである。さらに、作者の軍縮を進めようとする政治家への批判は、「政治家たちは時代がすっかり変わったことを理解していなかった。それゆえ、陸軍は抑えつけられたのだった」(“They [the politicians] could not understand the times had altogether changed …… So the army was kept down”, 541)、と彼らが時代錯誤していたことから、必要な国内防衛力の強化をすることができなかったことが語られるのである。

このように「我々」という言葉を用いて、英国民一般が危機に対して盲目であったと批判した後は、作者は政府批判を始める。ここで継ぎ目のない見事な批判の転換がなされるのだ。「英国はある一時期、確かに立ち上がった。そして、強大な列強に対抗するために陸軍を改革することと、防衛力を高めるべきとの声は高まった」(“the country was certainly roused for a time, and a cry was raised that the army ought to be reorganised, and our defences strenghened against the enormous power for sudden attacks” 540)、からなる箇所は政治家批判をする背景で語られる。ここで語られる声の出どころについては触れられないが、当然、それは英国民から上がった声に違いない。つまり、それまでの態度とは一転して英国民は正しい思考を持っていた者として擁護されているのだ。民衆がフランスの大敗という明確な警告を無視して、危機に対して無感覚であり続けていたのであれば、英国中で防衛力強化の声は上がらないのである。このような論の展開から作者は読者と一丸となり、政府を英国没落の悪役とするために、立ち上がる民衆という対立構造を作れるのだ。

しかし、作者の批判はこのまま完結するわけではない。政治家の防衛力軽視を批判した後、物語は急展開する。海外の英国領土で同時多発的に起こった問題を解決するために、陸海軍が英国本土の防衛から離れてしまうという回想が語られる。そのような状況についてナレーターは「我々は信じられないほどの愚かさで、守ることの出来るはずのない領土を保有し続けていたのだった」（“with incredible folly, we continued to retain possessions which we could not possibly defend” 541)、と語る。それまでナレーターは英国の防衛力について改善すべきとの立場で批判をしてきたのだが、ここでは、英国はそもそも大英帝国を守る力がなかったのだと結論づけているのだ。つまり、彼は批判の対象を変えながら最終的には帝国主義そのものを批判するのである。もし、同時多発的に海外の領土で紛争などの問題が発生したら、その解決をするために英国本土の防衛は危険なほど薄まってしまう、というのが作者の考えである。彼が言うように英国は領土が大きくなり過ぎて自衛することができなくなったのであれば、もはや海軍は頼れない。陸軍を改革して防衛力の強化を図ることとか、帝国の領土を小さくすることのみが根本的な解決策となり得るはずである。つまり、帝国主義そのものに問題があるとしても領土を自ら放棄するというのは現実的な選択肢とはならないから、やはり陸軍が問題となる。民衆や政治家が英国本土の防衛力強化に本腰を入れなかったことを批判していたのには、どれだけ英国が拡大しようともその本丸が陥落しては元も子もないとの強い意識があったのだろう。

クラークは、この作品のプロパガンダ的手法について「今やらなければ手遅れになってしまう」（“Act now before it is too late”, Clarke “Future-War Fiction” Par. 2）、と読者を喚起するやり方であると論じる。また、ウェールズ皇太子はあるスピーチで、その予測には無理があると語るが、「それでも、この小さき本を書く目的はある。その目的は、英国民は油断したところを見られるべきでない、という明確な提案を我々全員に与えているというものである」（“Still there was an object in writing that little book, that object being to give a broad hint to all of us that we must not be found napping”, “This Evening News” *Pall Mall Gazette* 7）、とも述べるのである。両者の発言の一致していることは、この作品がメッセージを発しているのは明確だということである。しかし、どちらの要約も内容は非常に曖昧である。それには、英国が侵攻される原因を語る作者が批判すべきものを広くすることで、読者それぞれの解釈に委ねていることもあるだろう。また、問題があることに自覚的になることに役立っていると考えられる。さらに、この作品の予測が大胆なのは、意図的に英国の海軍力と外交関係を無視した物語の展開をしているということだ。

Ⅲ　無視された抑止力

英国防衛の主力は当時世界一を誇った英国海軍だといえる。これは「外洋学派」との考え方とも一致する。このことは作品中でも「艦隊と英仏海峡は十分な防衛力であると彼らは唱えた」（“The fleet and the Channel, they said, were sufficient protection”, 541）と語られる。ここでの「彼ら」とは政府である。しかし、作者は英国海軍を侵攻の抑止力として活躍させない。むしろ、そのような自信こそが危険であると作者は訴える。それは、「フランスは自国の陸軍とその素晴らしい評判を信じており、我々の場合、それは艦隊だった。そして、この盲目的な自信はどちらの場合も悲劇を招いたのである」（“The French trusted in their army and its great reputation, we in our fleet; and in each case the result of this blind confidence was disaster” 541）、という語りにある。ここで作者が英国と引き合いに出しているフランスは、その前年、ドイツに侵攻されて大敗を喫したのだ。つまり、ナレーターは英仏がそれぞれ海軍と陸軍で世界一の力を持っていたという共通点があったことを読者に思い出させ、世界一ゆえにその地位が陥落する恐れを意識させていると考えられる。海軍ばかりが防衛力として期待されている状況に問題があるというのは、陸軍所属の作者としては当然持ち得る考えだろう。さらに、ナレーターはもっと直接的に「この国……は偽りの防衛政策によって誤って導かれていた」（“The nation …… was misled by the false security” 541）、と海軍主体で考える防衛は間違いであることを断言するのだ。

作品では、インド、カナダ、アイルランドの安定を図るために、多くの陸軍兵が派遣されるのだが、艦隊もそれに伴い派遣されたことについては、「もっと悪いことに、実際に起こったことを考えると、このことがそれほど問題になりえたかは分からないが、艦隊は海外に散らばっていたのだ」（“Worse still—though I do not know it would really have mattered as things turned out—the fleet was scattered abroad” 541）、と英国の危機に際して海軍が不在だったことは、実のところどちらでも良かったのであるという感想が語られるほど、海軍を重要視していないのである。例えば、この作品と同じ年に出版された『二度目の無敵艦隊』は、英国海軍が世界中に散らばっていたことからドイツ軍に侵攻され英国陸軍は圧倒的な劣勢に立たされるという「ドーキングの戦い」と同じような展開である。しかし、最後には英国艦隊が英国本土の制海権を奪い返し、袋のネズミ状態になったドイツ軍を英国内で倒し勝利するという物語なのだ。このような展開は「ドーキングの戦い」にはない。「ドーキングの戦い」では一旦破られた艦隊も海外に散らばった艦隊も一切英国海域には戻って反撃しない。そもそも、ドイツ軍上陸のあと、英独双方の海軍は登場しない。この作品では海軍の存在が意図的に無視されているとさえいえるのである。

英国が開戦するに至る経緯は「秘密の条約が明らかになり、オランダとデンマークは併合された」（"the Secret Treaty was published, and Holland and Denmark were annexed" 541）という少々謎めいた語りから始まる。秘密の条約をどこの国が結んだのか、どこの国がオランダとデンマークを併合したのかが不明のまま、そして、その目的も明らかにされないまま、「英国中が侮辱された怒りに沸き立ち、政府は……宣戦布告したのだった」（"the whole country was boiling over the indignation, and the Government ..... declared war" 541-42）という語りで戦争は始まるのだ。オランダとデンマークはどちらも北海に面しており、英国を攻め入る拠点となり得る。それでも、オランダとデンマークが合併することだけで、英国中が「怒りに沸き立つ」ほど興奮する事情は見当たらない。ここでは併合したのがドイツであることが意図的に消されているのだ。というのは、英国が感情的に宣戦布告をした相手がドイツであることが推測できる箇所が出てくるからである。まず、性急に戦争に突入したことで準備がおぼつかない英国と対照的に敵国は英国への情報の遮断などを迅速にするなど、とても手際が良い。このことについてナレーターは「その強国はわずか数ヶ月前、ヨーロッパ最強の陸軍力を持つ国を征服するために、数日の準備で五十万もの兵士を動員させた」（"the same Power, only a few months before, move down half a million of men on a few days' notice, to conquer the greatest military nation in Europe" 542）と語るのだ。ここで普仏戦争について言っているのは明白で、「ヨーロッパ最強の陸軍」とはフランス軍のことである。その交戦国であるドイツについて「その強国」と語られるわけで、オランダとデンマークを併合したのはドイツであることは自明である。さらに、物語の最後に侵攻軍がドイツ語で会話をする場面で敵がドイツ軍であることはより明らかになる。英国ボランティア隊員たちが、敵を目の前に一斉に逃げたことに対して、ある敵兵は「英国義勇兵たちは勇敢だったな」（"Sind wackere Soldaten, diese Englischen Freiwilligen" 568）と皮肉を言い、それに応えて別の兵が「そうそう、彼らは本当に足が速い」

（“Ja, Ja, ….. sie so gut laufen können”, 568）とボランティア隊員たちの逃げ足の速さを讃える冗談を語るのである。

　戦争が起こる理由は英国側がドイツに宣戦布告したからだが、それに至る経緯はあまりにも性急である。いかに英独の関係が悪化していったかも語られない。ドイツが行った他国の併合に際して英国中が怒るなか、英国政府は「メディアから焚きつけられ、世論にすり寄って宣戦布告をした」（“egged on by the press, and going with the stream, and declared war”, 542）、と描かれるように、政府は外交で解決を図るなどの戦争の前段階を行うことなく、簡単に最終的な手段を取るのである。ここにも直情的な民衆が選挙権を持って民主主義の多数派となったことへの作者の危機感が現れているだろう。さらに、作品内での当時の英国は、「英国艦隊は世界中に散らばっていたし、小さな英国陸軍は派兵したことによって分割されていた」（“our ships all over the world, and our little bit of an army cut up into detachments”, 541）からなる箇所から推測できるのは、英国はドイツと総力戦をする余裕など全くない時期に戦争を始め、さらに、ドイツと戦争するのに他国の協力を要請するなどの外交努力も一切行わないのである。このように、英国の外交政策はなかったものとして始まる英独の陸軍のぶつかり合いは、強力なドイツ軍が万全の体制で攻め込む反面、英国のそれは、弱い上に準備不足という圧倒的に不利な条件で描かれるのだ。これはあまりに大胆な戦争の予測ではないかと思われる。それでも、普仏戦争直後という英国民のドイツへの漠然とした不安があったという社会的雰囲気をかなり正確に読めた作者だからこそ、ここまでのプロットを作ることができたのだといえる。

　このように、「ドーキングの戦い」で、作者は、戦争の重要な抑止力である英国海軍と英国政府の外交力という二つの力を大胆に無視している。その理由は、この作品が当時世界一の強国であった英国の徹底的な敗北を描く物語であることを考えれば明白であろう。さらにいえば、英国海軍を負かせる内容を描くことは、現実の陸海軍の間にいらぬ対立を生む結果にもなっただろう。

侵攻の危機について冷ややかに見る人たちにとっては、そのように起こる可能性を大胆に高めた侵攻とその結果としての英国の破滅を描くプロットが、真面目に考えるべきでない読み物であると判断できるものだったのかも知れない。少なくとも、世間にはこの作品をユーモアとして捉えていた人たちがいた。

Ⅳ 作品のコメディーとしての側面

一八七一年の九月二日にヨークシャーで行われたスピーチでグラッドストン首相は「ドーキングの戦い」に言及している。このスピーチについてクラークは、「英国の政治において、一つの小説を原因としてこのような注意を喚起しなければならなかったのは非常に例外的な出来事であった。そして、文学史においてはそれ以上に特筆すべき瞬間だったのである」(“The occasion was most unusual in British politics, since the cause of the warning was a piece of fiction …… It was an even more remarkable moment in literary history”, Clarke *Voices Prophesying War* 1)、と述べている。このスピーチの内容というのは、英国内で流行していたアラーミズムに対して警鐘を鳴らすものであった。クラークが言うように時の首相が特定の小説を非難するのは稀なことであろう。このことが文学史上でも珍しいことであったのは間違いないが、それが栄誉なことであったとは素直に言い切れない。というのは、グラッドストンのスピーチは全英中の新聞で記事になるも、地元紙に限って言えば、首相が「ドーキングの戦い」と発言したあと、「笑」(“laughter”)と書かれ、会場からは笑いが起こったことが記録されている(“The Premier at Whitby”, *Leeds Mercury* 3)。つまり、彼の支持者が集まった会場では、この作品が嘲笑の対象とされていたし、首相もそれを理解して発言した可能性があるのだ。

この作品のそのような受け取られ方は出版直後の書評にも表れている。この作品について初めて書評を書いたのは『ペルメル・ガジェット』紙であろう。それによれば、「ドーキングの戦い」について、「この雑誌の読者に定評のユーモアと新鮮さは長きに渡り当然のように名高く、それらがこの作品には見出せる」（“The humour and freshness for which that old favourite of the magazine readers has so long been justly famed are present”, “Occasional Notes” 4）、とこの作品が『ブラックウッド』誌に相応しいユーモアの類であることを述べているし、作品発表直後のある記事では「純然たる風刺」（“wholeness satire”, “Literature” *Era* 9）と評している。これらの記事は「ドーキングの戦い」について好意的に書かれたものであるが、少なくとも、発表当初からこの作品が風刺的に英国の防衛政策を描いていると見る傾向はあったのだ。

この作品のタイトルにあるドーキングというのはロンドンの南に位置する町の名前であるが、鶏の品種にも用いられる名前であることから「闘鶏」（“a cock fight”, vol. 60, 253）と揶揄される。それは、作品名だけではなく、主人公たちが侵攻軍を目の前に戦いを放棄して臆病に逃げていく描写は、「小心者」（chicken）と表現することもできるだろう。また、読者にも作品の内容の大げさ加減から、一種の冗談と捉えて欲しいという気持ちを作者が持っていたとも考えられるし、また、面白く読めるということは多くの読者をひきつける力ともなり得る。そのような馬鹿馬鹿しさは、英国海軍が同時多発的に起こった問題を解決すべく世界中に散らばっていたという状況下で英国がドイツに宣戦布告をする、というプロットにも現れているだろう。これは、ただでさえ防衛力がほとんど残っていないなかで戦争を始め、英国本土が敵の侵攻を許してしまうという展開なのである。

戦争中の話でも冗談と取れる箇所は出てくる。例えば、主人公のいる隊から、あまり遠くない場所で戦闘があり、主人公のいた隊に届いた情報で戦闘に関するものは、ただ「ボランティア隊員は規律正しくしていた」（“The volunteers had behaved very well” 549）と語られるのである。これは情報の伝達が上手くいっていない英国軍の様子を描いているのだが、この引用のような中身の無い情報は語る必要もなく、それを届いた貴重な情報としてあえて紹介するのには、英国軍の無能さをコミカルに描きたい作者の意思が現れているだろう。また、空腹に耐えかねていた主人公らのもとにようやく届いた物資には調理器具などが含まれておらず、「我々は肉を生で食べることはできなかった」（“we could not eat the meat raw” 552）と嘆くのである。調理器具は数時間遅れて届き、主人公たちは食事ができるようになるのだが、ここは兵糧が一式揃うのが遅かったと語れば良い箇所ではないだろうか。それでも作者は生肉を前にしている空腹の主人公という状況を描くのには、作品に悲劇性だけでなく喜劇性も含ませたかったからであろう。そしてそれは、無能な為政者への嘲笑と転化されることも期待できる。過去に食材だけが届いて兵士を困惑させた事例はあったのかもしれないが、それでも、このような例を積み上げて英国軍の無能さを面白く描いているのである。

このチェスニーの予測の偏りに対し、『ペルメル・ガジェット』は「馬鹿げている」（“very silly”, “Occasional Note” *Pall Mall Gazette*, 22 June 1871, 4）、と評したのだが、作品自体は大変な人気を得るのであった。展開の都合の良さやユーモアを含む作品であるが、読者には受け入れられ、改革への機運は高まった。「ドーキングの戦い」という名前が作品の喜劇性をすでに示していることから、チェスニーの予測に対してメディアはあえて指摘する必要がないと考えていたのかもしれないし、読者もまた然りだったのかもしれない。例えばウェールズ皇太子の一八七一年六月のスピーチでは「この部屋にいる皆さんがすでに見た、つまり、『ドーキングの戦い』をですが。この出版物が表わす予言は間違いなく実現しないと心から思っています」（“Everybody in this room has seen, I mean The Battle of Dorking ...... I sincerely trust that the prophesy to which that publication gives expression will never be realised”, “This Evening News” *Pall Mall Gazette* 7）、と語っており、作品の予測については「間違いなく実現しない」とまで強い口調で感想を語る。この同じ会合では、ケンブリッジ公が「ドーキングの戦いがもし起こったとしても、作品の著者が予測する結果とは全く異なったものになるでしょう」（“the Battle of Dorking, if ever it should have to be fought, would have an issue far different from that which its ..... author predicted” ibid）、なる感想を述べている。彼もウェールズ皇太子と同様に作品の予測と現実は「全く異なったものになる」と作品の信憑性については疑問を持つが、英国が侵攻される可能性自体は否定できないのである。

事実、複数の著名な人物がこの作品について言及しており、それらは英国の危機の存在を表す言葉としてこの作品名を使っている。この作品は英国の侵攻の危機を言い表す代名詞にまで昇華したのだ。しかし、そのように名前が高まったことから、この作品の作者は次の節で述べるように、作品の主張に手を加えざるをえない状況にまで陥ってしまう。雑誌での作品発表の翌月、独立したパンフレットとして出版されることになり改変の機会を得た彼は、いくつかの大きな修正をしている。

V 改変前と改変後の作品の比較

作者のチェスニーは政権の敵と見做されないように作品に修正を加えた。微調整した箇所を加えると全体で十五か所ほどの訂正がなされた。それらは主に前半部分、英国が架空の侵攻を受ける前のナレーターが当時の英国の状況について語る部分である。「部屋を指した」（“pointing to the room”, 543）、が「部屋を覗いた」（“glancing at the room”, *The Battle of Dorking* 59）、と変えられる等のわずかな修正を除いて、『ブラックウッド』誌に掲載されたものと、書籍化されたものとで異なるのは初めの数ページに集中している。そして、それらはどれもが政治的な記述である。

民衆の声は防衛力を強化するように求めたという背景で、次の言葉「軍の改革の計画は政府によって進められていたが、妥協したものとならざるを得なかった。そして、残念なことに、それは党派の争いに利用されてしまい失敗したのである」（"a scheme of army reform was brought forward by the Government. It was a half-and-half affair at best; and, unfortunately ...... it was made a party matter, and so fell through", *The Battle of Dorking* 6）、が挿入されている。この箇所では、悪いのは政府ではなくその時々の政局であり、政府は議会で最善を尽くしているが、時の運が軍の改革に利さなかっただけであるとしているのだ。二つ目の大幅な改変と言えるのは、雑誌版にはあった軍縮を進めるべきとの主張をする急進派と折り合いをつけるという背景で語られる、「内閣はこの口実に飛びついて、熱心でなかった計画の良い点をすべて捨て去った」（"the Ministry were only too glad of this excuse to give up all the strong points of a scheme" 541）、という箇所である。ここでも政局の事情によって軍事改革を進めることができなかったということが述べられているのだが、政府が積極的に改革を止めたとしており、作者の政府批判の姿勢ははっきりしている。そして、ここを削除し、新たに加えられたのが、「内閣はあらゆる方面から妨害され、少しずつ計画の良い点を諦めていかざるを得なかった」（"the Ministry, baffled on all sides, gave up by degrees all the strong points of a scheme", *The Battle of Dorking* 6）、なる文章で、繰り返し語られているのは、政局が悪いということである。作者が時の政権を批判しないよう慎重な姿勢が鮮明にされている。しかし、作品の最後のナレーターの回想で、「彼らはこの国を牽引すべきだったのに、それどころか堕落して当時の利己的な人々に迎合した。そして、民衆の声を人々の自由の妨げになるものだと茶化した」（"those who should have led the nation, stooped rather to pander to the selfish of the day, and humoured the popular cry ...... as interfering with the liberties of the people", 571 and *The Battle of Dorking* 64）、という箇所は消されることなく、そのままになっている。ここには、作品の前半部分で作者が取り下げた政権批判が残っているのだ。前半部分では仕方なく軍の改革を諦めたと語られる当時の政府が、ここでは、自己中心的な人々と同等のモラルしか持たなかったことが語られるのである。

また、防衛費の増大を訴える作品だとのメディアからの批判に対しても、作者は改変をして、その批判を逸らそうとしている。それは、「軍事費はしっかりとした防衛力を持つのに十分すぎるほどあった」（“The army cost enough, and more than enough, to give us a proper defence, *The Battle of Dorking* 6）、という箇所の挿入によってなされている。ここは、作品は軍事費の増大を訴えていないのだと明言している箇所である。しかし、作品の終わりに英国の破滅の原因を要約する語りで、「人々は防衛費を出し惜しんだのだった」（“People grudged the cost of defence”, 571 and *The Battle of Dorking* 64）、とも述べるのである。現状、防衛費が潤沢であると語るならば、人々にそれ以上の負担は必要ないわけであるから、前述の政権批判と同様、作者は軍事費についても結局は意見を変えていないとみることができる。

一週間以内に改変を済ませたというパンフレット版のこの作品であるが、結果的に一部のメディアなどからの非難は続いた。それでも、英国が破滅していく写実的な描写は読者の本能的な恐怖心を募らせ、その人気は続いていた。アラーミズムは侵攻の恐怖を土台にしたものであったから、真新しくとも、近未来の侵攻物語を読者は受け入れる下地があったのだと考えられる。そして、読者の恐怖心を喚起させるほどの生々しい物語の展開にこそこの魅力はあるだろう。ウェールズ皇太子がこの作品を皆が「読んだ」とは言わず「見た」と表現するのは、主人公の視点を通して戦争を見せる作者の描写力が優れていたからではないだろうか。そして、その写実的な描写は「見た」と言い表す方がより感覚的に正しかったのだろう。しかし、作品内で作者が使った手法は「見せる」ということだけでなく、反対に「見せない」ということでもある。戦闘の訓練をほとんど受けていない、いわば一般市民であるボランティア隊員の目線で物語を進めることによって、多くの情報が読者に見えないようになっているのだ。それは、特に進軍してくるドイツ軍の存在である。

Ⅵ　見えない侵攻軍

この作品ではドイツをただ「敵」（“enemy”）とだけ五十五か所にわたり表現しているが、それをドイツと書いたとしても、英国の侵攻を描くことには差し障りはないように思える。しかし、ドイツという単語は一度も登場せず、作者がその言葉を意図的に避けているのは間違いない。このように避けなければならなかったのは、読者に気づきを与えるためであろう。名前を伏せることは侵攻するのはドイツ軍しかいないという当時の英国人の意識を強調することになり、それに賛同する読者と作者との間に一体感を醸成することさえ期待できるだろう。さらにいえば、これは読者が作品を肯定的に読み進めてくれる土台作りにも役立つのだ。

ドイツ軍が最初に上陸した時の場面は次のように描かれる。

敵の大軍がワージングに上陸した。彼らの上陸地点はブライトン付近に野営していた部隊によって攻撃され、また翌朝も再び攻撃することになった。……ついに英国本土への侵攻は現実のものとなったのだ。聞くところによると、敵がまだ打破されていないのは明らかだった。それゆえ、わしらも間もなく敵の侵攻を止める戦いに参加することになるのは必然だった。

（The enemy had landed in force at Worthing. Their position had been attacked by the troops from the camp near Brighton, and the action would be renewed in the morning. ..... So, then, the invasion had come at last. It was clear, at any rate, from what was said, that the enemy had not been driven back yet, and we should be in time most likely to take a share in the defence. 555)

ここでドイツ軍はロンドンの南百キロメートルに位置するワージング（Worthing）に上陸成功したあと、その隣町ブライトン（Brighton）近郊から駆けつけた英国軍との戦闘になるも、ドイツ軍は撃退されることなく持ちこたえたわけであるが、その際どのように英国軍がドイツ軍の侵攻に抵抗したなどの情報は出てこない。主人公であるナレーターの視点で物語が進むという設定から、主人公の視点と彼の少ない侵攻軍の知識のみで話が進むという展開方法は一貫して作品の最後まで続く。そして、侵攻軍が北上し首都に迫ってくるようすは、「ホーシャムはすでに敵の先兵隊によって占領されていた」（“Horsham was already occupied by the enemy's advance-guard” 549）、と語られる。ホーシャムという地名から、より首都に近づいたことが分かるが、やはりそれ以上に詳細な情報は出て来ず、侵攻軍の姿は読者には明らかにされない。しかし、姿は見えずとも確実に着々と兵を進めていくのは、ドイツ軍の正確さと迅速さを伝えるとともに、機械的かつ不気味で抗い難い圧倒的な戦力という印象を読者に与えただろう。事実、この作品では侵攻軍が村を焼き払う、無用な殺戮をするなどの非人道的な描写がなされない。これは、戦闘に特化したドイツ軍というイメージを補強するとともに、やはり、自国軍の不備に焦点を当てたい作者は、ドイツ軍の行動に頁を割いて、例えばドイツ軍への批判のような、望まぬ方向に読者の意識が向かうことを避けたかったのである。

ホーシャムよりもさらに二十キロメートルほど北上したところにあるドーキングに近づいてきた侵攻軍の砲撃で遂に主人公は直接敵の存在を知る。その場面は、「そして、そのとき、敵の砲撃は開始された。どこの敵の砲台が設置されていたかは分からなかったが、砲弾がわしらの頭上を猛進していく音や、すぐ向こう側でそれらが炸裂する音が聞こえた」（“And now the enemy's artillery began to open: where their guns were posted we could not see, but we began to hear the rush of the shells over our heads, and the bang as they burst just beyond” 558）、に見られる通り、姿こそ確認できないが敵による攻撃が主人公に直接「聞こえた」のである。主人公たちの頭上を砲弾が「猛進していく音」、そして、砲弾が「炸裂する音」と表されるように、それまでと同じように、ここでも主人公は敵の情報を耳で知るのである。このように、作者は見えない敵が迫ってくるという手法で、作品に臨場感を持たせているようである。このことを作者が意図的に行っていることが分かるのは、主人公たちが陣取っていたドーキングで敵と対面する場面で、「急で滑らかな丘には紺色の敵の姿で溢れていた。わしは彼らを初めて見たのだった」（"The steep, smooth slope of the hill was crowded with the dark-blue figures of the enemy, whom I now saw for the first time" 559）、と敵は丘に陣取っていることから、守備をしている主人公側よりも優勢に立っていることが分かるこの箇所、物語の終盤になって、主人公は敵を目撃するのである。そして、ここではっきりと「初めて見た」と語られるわけである。それは、これまでに敵の姿を見せていないことを作者は自覚しているからこそ使われる言葉である。それまでは、ドイツ軍が勝ち続けていることを第三者から聞いてはいたが、実際に主人公の目の前に現れることはなかったという状況であった。このことは、現実世界でフランス軍を圧倒的な力で倒したドイツ軍の存在を新聞という第三者によって知っていたが、それを直接目にすることはなかった、という当時の読者の状況と並行させたプロットとはいえないだろうか。そして、直接目にした時に主人公は、圧倒的有利な敵を前に、結局逃げるしかなかったという展開を加えるのである。

このように、侵攻軍が迫ってくる恐怖を一市民である主人公が戦場で体験する。その市民の目線で語るのには、読者に侵攻される恐怖の疑似体験をさせることができるという利点があるだろう。そして、近づいてくる敵をあえて見せないことで読者の恐怖心は高まるのである。

おわりに

当時の社会的雰囲気を上手く汲み上げただけでなく、それを新たなスタイルで読者に提示したこの作品だからこそ、社会に動揺を与えるほどの力を持つに至った。現実的な語りと、よく知られていた事実を混ぜ合わせ、写実的なロンドンや戦場の描写によって、読者は英国が破滅する疑似体験をしたことであろう。市民の目線で語られる架空の戦争を通じて、英国が完全に守られているわけではないことを目撃した読者は、作者が示すように、ある条件が揃えば英国は敵に容易く侵攻されてしまう不安定な状態であることを認識したはずである。そして、「ドーキングの戦い」は新たなプロパガンダ作品の流れを生むことになるのだが、この作品名そのものが英国への侵攻を言い表す言葉にまでなった。この作品の商業的な成功に関しては、クラークが指摘するように、英国民が不安を感じているなかで出版されたというタイミングの良さが作者に幸運をもたらしたといえる（Clarke "The Battle of Dorking" 316）。しかし、それはアラーミズムの高まりという好機を逃さなかった作者自身が掴み取った幸運でもあろう。

そのような時代の雰囲気があり、この作品を当時熱狂的に受け入れた人々が多くいた。ある海軍大佐が当時この作品を読んで、「あなたがたが感じることはないだろうが、当時この作品を読んだ多くの人々の心に宿った感情は、そのような出来事が起こる可能性があることに疑いが無いというだけでなく、起こりうる公算が高いという恐ろしい確信だった」（"The feeling you will not have, which was present in the hearts of many who read it in its day, was the terrible conviction, not only of the complete possibility of such an occurrence, but its great probability", *The Battle of Worthing* 8-9）、と語っている。この作品は上手に本能に訴えかけることができたのである。この海軍大佐が言うように、「多くの人々」がこの作品に影響されていたわけだが、反対にそうは信じなかった人たちも多くいたのは事実であろう。さらに作者が見せる世界を本当の予言、あるいは、正確な予測と捉えていた人となると、その数は極端に少なくなるだろう。それでも、この作品によって侵攻される危険があることを示す目的は十分に果たすことができたはずである。

この作品はボランティア隊員という一市民を主人公に据えることで、一般読者の視点に立った侵攻を描くことに成功している。しかし、一般人が戦闘に参加するというアイデアなどから、作者は徴兵制を進めようとしているとの批判を受けるが、それは翌月加筆修正されたパンフレット版の『ドーキングの戦い』で「戦闘員らしき者たちは十分いた。余るほどいた。しかし彼らはまともに指揮されていなかったのである」（"there were armed men of sorts in plenty and to spare, if only they had been decently organized" *The Battle of Dorking* 6）、という文を加え明確に否定している。また、ボランティア隊員を用いることには、素人の集団に防衛させることで、ドイツ陸軍の強さを強調して読者に防衛への関心を高めさせようという意図もあっただろう。さらに、主人公が体験する英国軍の欠点を一般読者に近い目線で語る手法には『タイムズ』紙の特派員として派遣されたウィリアム・ラッセルがクリミア戦争の記事で用いて英国兵士の待遇改善のための世論を盛り上げたという成功例もある（Taylor 163）。

ドイツ軍の悪業は語られず、彼らが機械のように正確に英国を侵攻していく集合体として描写されるように、作品は侵攻そのものを非難するという立場には立っていない。このような作品の考え方は、自衛するために戦う側を正義とする今日の戦争責任の考え方とは随分異なる。少なくともこの作品における戦争責任とは警戒しなかった、あるいは、征服されるほど弱かった英国に責任があるという考え方であろう。当時の考え方として一般的だったといわれるのは「社会進化論」と言われるもので、「もっとも適したものが生き残る」（Hammal Par. 3）というダーウィンの進化論を社会の進化に適用したものである。ダーウィンが提唱した、生物は環境に適応した形で進化していくという説が、社会の進歩に適応できない人種は生き残れないと解釈され、その考えは「ドーキングの戦い」においても表れている。しかし、より強いものに弱者は淘汰されることが自然であるという考えは終わりない力の競争を生んでしまうものだろう。

第二部　「ドーキングの戦い」以降、一八七〇年代の侵攻小説作品

第三章　『五十年が過ぎ』(*Fifty Years Hence*) と『トルコの分割』(*The Carving of Turkey*)

はじめに

『五十年が過ぎ』は一八七七年に匿名で書かれており著者は分からない。『トルコの分割』は一八七四年に出版され、こちらはクラレンドン・マコーリー (Clarendon Macaulay) というペンネームで書かれているが、ウォルター・マーシャム・アダムズ (Walter Marsham Adams) という人物の作品である (Clarke *Voices Prophesying War* 226)。どちらの作品も崩壊しかかっていたオスマン帝国をめぐる東方問題について侵攻小説の手法で英国のとるべき態度を読者に説いている。第六章から述べる「海峡トンネル危機」に関連した作品のように、『五十年が過ぎ』と『トルコの分割』は東方問題という特定のテーマを扱った当時のタイムリーな作品である。しかし、この二つの作品は同じ問題に取り組んでいながら、まるで異なる結末を提示する。『トルコの分割』で英国は東方問題において、その立ち回りに成功して繁栄することになるが、『五十年が過ぎ』では英国はそれに失敗して破滅してしまうのだ。この章では同じ問題を異なる視点から描く二つの作品を論じ、当時の国際問題について侵攻小説がいかなる方法で読者を誘導しようとするかを明らかにしたい。

Ⅰ　両作品のプロットについて

『五十年が過ぎ』の舞台は一八七七年の出版当時から五十年後の一九二七年の英国のどこかである。英国が衰退する原因となった五十年前の戦争に兵士として参加した老人の語りで物語が進行する。

五十年前の英国はトルコを助けるためロシアと戦争を始めた。ロシアがオスマン帝国によるキリスト教徒への圧政を終わらせるためにトルコを解体しようとしていた一方で、英国はトルコへの投資回収が困難になることから、その解体に反対していた。オスマン帝国の圧政はひどく、その解決を図るロシアには大義があったため、他の列強は皆ロシア側についてオスマン帝国との戦争への参加を表明する。列強の中で唯一フランスはそれに加わらなかったが、それは自国の内政問題の解決に集中しなければならなかったためであった。英国はそのように圧倒的劣勢に立たされがらも、トルコ解体への反対姿勢を貫き、トルコとともにロシアを中心とした連合軍と戦争することになる。戦争が始まると、英国頼みのトルコは自国の防衛の準備すらしていない、という状況で、実質的には英国対他の列強という構図になってしまった。

英国とトルコの敗戦が決定的になったころ、インド帝国では反乱が起き、英国にはそれを制圧できる軍事力もなかったことから、インド帝国は独立を果たす。ここまで戦局が悪くなったところで英国はようやく講和の申し入れをした。賠償金は二億ポンドだったが、英国は小さな島々を除いた海外の領土を全て失い、列強としての地位から外れることになった。

英国本土では経済がほとんど麻痺し荒廃した。その後五十年が経ち、荒廃した状態は多少回復するも、戦争以前の状態には程遠い。ここまで語り終えると老兵は目を覚ます。これらは全て夢だったのだ。そして彼は夢に見た悲劇が現実に起こらなかったことを神に感謝するとともに、戦争に喜びを見出す者に天罰を与えて欲しいとの祈りを捧げ物語は終わる。

『五十年が過ぎ』では英国本土が直接侵攻されるということはない。しかし、この作品では、ロシアによるトルコへの侵攻があり、その侵攻によって、トルコと共に戦った英国が敗戦国として壊滅的な損害を被るというプロットで英国の防衛戦を描いているといえる。また、侵攻小説のオリジナルである「ドーキングの戦い」を明らかに模倣した作品であることからも、この作品が侵攻小説に含まれるべき作品と考えることは妥当といえる。模倣している点というのは、この作品のアウトラインにある。それは、㈠ナレーター自身が参加した五十年前に起こった戦争を孫に語るという設定で物語が進行すること、㈡その戦争の結果、英国は没落し、ナレーターは道義的な責任を感じ、つらい五十年間を過ごしてきた愛国者という人物設定であるということ、㈢英国の悲劇は英国の自業自得であるということから、ナレーターが悲しみのなかで、現実の出版当時の英国の問題点、取るべきでなかった政策などをあと智慧という形で語るということなどである。

作品出版当時、特に利用できる英国の危機がなかったことは「ドーキングの戦い」以降、一八七〇年代の侵攻小説作品の少なさからも推測できるが、この作品は当時懸案だった東方問題に絡めて、英国から遠いという地理的制約のなか、出来るだけ真実味があるよう演出しながら英国の滅亡を描こうとしている。

『トルコの分割』の場合、現実の出版当時の一八七四年、ドイツ国内の債権者の権利を保護するため、オスマン帝国領で特に内政が不安定だったルーマニアへドイツは派兵して安定化を図る決定をする。ルーマニアも、それを歓迎するが、ロシアとオーストリアがそれに反対し、戦争が始まる。

戦争が始まると準備の追いつかないオーストリアとロシアを尻目にドイツは迅速にルーマニアを占領する。ロシアはエジプトと協力して地中海の制海権を得てドイツ海軍のルーマニアへの進路を断つ作戦にでる。これは英国にとってインドへの海路を断つことにもなるため、英国はエジプトのポートサイードへ海軍を派遣する。そこでは、ロシアの黒海艦隊との戦闘になったが、英国海軍は勝利し、ポートサイードとそれを領有するエジプトを占領するという一石二鳥の戦果を得る。

ドイツはオスマン帝国内でロシアとオーストリア相手に戦局を有利に進めていたが、スウェーデン、デンマーク、オランダもドイツ相手に宣戦布告したため、ドイツは本国の自衛もしなければならず、戦争はこう着状態となる。そして、四年が経ち、ドイツとロシア、オーストリアはこれ以上の戦争継続は困難であると判断し、オスマン帝国のヨーロッパ側をロシアとオーストリアで分割し、ドイツはオランダを割取することで決着する。その間の中立を守っていたイタリアはこの講和に反対を唱え英国とフランス、それにデンマークとスウェーデンと同盟を結び、ロシアとドイツに宣戦布告する。

ドイツ軍は英国本土に侵攻するも、勝てる見込みがないと判断したロシアは英国に停戦を申し出て、英国はそれを承認したため、ロシアと共に戦っていたドイツは英国から撤退することとなる。しかし、これに納得いかないドイツは、ヨーロッパ内での宗教対立、民族紛争を煽り、各地で戦争を誘発させる。その混乱に乗じた共産主義者たちは次々と革命を成功させ、その混乱の火付け役となったドイツは赤化してドイツ政府は転覆させられてしまうという結末である。

『トルコの分割』は『五十年が過ぎ』とは違い出来事がより大局的に語られ、架空の未来のヨーロッパ史を伝えようとする方法である。それは、歴史書のように遠くから冷静に眺めることができる種類のもので、過ぎ去った出来事として疑いをかけずに安心して読ませようという作者のやり方とも考えられる。しかし、作者は作品の冒頭で、同じように離れたところから安心して読まれがちである新聞記事、ひいては、メディアの問題点を読者に投げかける。

快適な朝食のテーブルで新聞を読みながら様々な出来事が起こっているのを読み流すことがあまりに日常的になっている。このことから、変化に気づくのはとても難しい、それがかつてないほどに激しく大規模なものであってもしても。

(As we read the daily telegrams at our comfortable breakfast tables the events which pass before our eyes appear to grow so intimate a portion of our own lives, that it is difficult to realize the changes they represent, even when most violent and extensive. 5)

これは、いわばニュースを読む人間の一般的な反応である。いかに人間が世の中の実際の変化に対して鈍いのかという常識をナレーターはあえて読者に語りかけるのだ。電報の導入や安価な新聞の登場によって情報があふれていることが当たり前になった英国の日常が語られる。メディアを通じて与えられる情報が、読者に密接に関連しているように見えても「読み流す」と語られるのは、現実の危機的状況を感じさせないメディアの危険性に言及している箇所ではないだろうか。その、ありふれたニュースを読むのが「快適な朝食のテーブルで」と書かれているのは、「激しく大規模な」という表現をより物々しくし、これから語られる作品内での世界大戦を読者に予期させる箇所ではある。しかし、それと同時に、「快適」にありふれた新聞を読めるという環境が「激しい」現実の出来事を、そうでないものと読者に錯覚させてしまうといったメディアの問題点を突いているとも考えられる。つまり、作者はこのような情報の取り方は、受け手の、心からの関心を引くのには適していないとの立場をとっているといえるのだ。それは、歴史の本についても同じことがいえるだろう。どれほど悲惨な事件について語られていても、読み手にとっては、過去の一頁に過ぎない。新聞であれ歴史書であれ、読者は過去、あるいは世界のどこかで起きている事件を「快適」に眺める傍観者に過ぎないのだ。それでも、この作品は「歴史書」という体裁で、読者に出版当時の英国の改革すべき点について主張を試みるわけである。さらに、「目の前を通り過ぎる」読み方をされると問題提起しながら、新聞と同様の欠点を持つ「歴史書」の体裁で物語を描く作者のやり方は一見矛盾している。

しかし、次の引用では、作品の矛盾してみえる手法の意義について述べている。「歴史を振り返ることで現在と過去を同時に比較するまで、社会全体に行き渡る変化について我々は無知でいるのだ」(“we remain ignorant of the transformation which has passed over the whole face of society until the retrospect of history brings to us the past and present at a single glance” 6)、という記述では、いかなる方法ならば読者は変化に気づくかということについて語っている。ここで語られる「過去」というのは、作品出版当時の、いわば「現在」である。つまり、読者に気づきを与えるには、侵攻小説の手法が有用で「過去と現在を同時に見ること」だと語るのである。この作品は、一八七四年の出版であるにも関わらず、その表紙で一八九四年の出版だと偽ってまで、未来からの語りであることを強調している。[七] そのように作者はナレーターの語る一八七四年以降の歴史を語るという設定を徹底させているのだ。これは、歴史書や新聞が行う読者へのアプローチとは一線を画している。この作品は歴史書の体裁を取りながらも時間の調整をすることで、読者に作品の出来事をただの歴史として読ませない努力をしている特殊な歴史書なのだ。このように、歴史書や新聞は流し読みされてしまう欠点を持っているが、過ぎ去った出来事として疑いをかけず読める、という特質を保ちつつ、作者は侵攻小説のやり方でその欠点を補おうとしているといえるのである。作者の予測、未来の歴史書について読者を誘導するために必要な真実味と安心感を持って読んでもらおうという下地作りがなされているのである。

『五十年が過ぎ』、『トルコの分割』の両作品とも、世界大戦といえる大規模な近未来の戦争について描いている。

それぞれの結末は『トルコの分割』では英国が勝者となる一方、『五十年が過ぎ』では逆のことを描いている。一方、他の侵攻小説作品が英国の軍事改革を作品のテーマとしているのに対し、次節で述べるように、どちらの作品でも英国軍に対する反省や、改革などの軍事的な意見は見られない。戦争は外交の延長という考えで、英国軍のあり方については問題にしていない。まさに、外交方針転換の主張こそが目的なのである。

Ⅱ　問題にされない英国の軍備

『五十年が過ぎ』では、他の一八七〇年代の作品と同様に、開戦に至る世界情勢が長々と語られる。それは、その時代英国内では戦争への危機感がさほどなかったことの裏返しであろう。トルコを守る為に英国軍の兵士たちがイスタンブール周辺の守りについた時、そこへ派遣されていたナレーターは次のように語る。

ここでわしが目にしたのは全てが適切に運用されていないという状況だった。素早く迫ってくる敵に抵抗する準備などまるでできていなかったのだ。そして、敵と戦う前にまともな準備をする時間はわしらには残されていなかった。この原因はあいつらの国民的気質にある。あいつらは自分たちのために誰かがやってくれることは何もやらないのだ。

(Here we found everything in a very unfit state, and by no means prepared to resist the troops who were fast approaching us. We had no time to put things in proper order before we were called upon to engage the enemy. …… but it is a characteristic of their race, never to do what any one else will do for them. 24)

英国軍は派遣先の要塞で、侵攻してくる敵を迎え撃つ準備がまるで出来ていない状況がこのように語られる。しかし、この場合どのような準備がなされるべきだったかなどの、智慧は語られない。なぜなら、他人に頼り準備をしないのはトルコ人の「国民的気質」であり、改善しようのないことだからである。それゆえ、作者は軍事面での改善の可能性を指摘するつもりがないと読める箇所である。これは、直接的にはトルコ人は役に立たないという一例が示されているわけだが、間接的には、そのような国と共に戦うことになった英国政府への非難である。このようなトルコ人を非難する箇所は、敵の連合国がイスタンブールを包囲した時にも繰り返される。

もしわしらの同盟軍がきちんと警戒していたなら、このような事態は招かなかっただろう。また、無関心というのはあいつらの人種にかけられた呪いなのである。そして今回は、この無関心がやつらの破滅を招く大きな要因となったのだ。

(Had our allies been properly on the alert, this should never have been allowed; but that apathy which has been the curse of their race, was in this instance the great instrument of their ruin. 25)

英国軍は首都イスタンブールの守備でトルコ兵を指導する立場だったのだが、その首都の陥落が目前に迫った場面でも、英国軍の落ち度には一切言及されることはない。危機に対する「無関心というのはあいつらの人種へかけられた呪い」だという語りは、前の引用箇所にある「民族的な特徴」という表現をさらに強めており、トルコ人の民族性について辛辣な批判をしている。また、彼らがしっかり準備をしていれば、要塞が包囲される事態を「絶対に招くことはなかった」とまでナレーターの老兵は断言するのである。その後も首都を守る要塞が次々に陥落していくなか、それらの責任をトルコ人のミスであると断じる箇所が幾度も出てくる。つまり、英国を破滅に導くこれら一連の戦闘の全てにおいて、英国軍には非がないのである。このように、作者による英国の軍事的な改革の提案は、この作品からは導き出されないし、英国軍に非があると読者が考えないように工夫もしているのである。

また、それは『トルコの分割』でも同じことがいえる。英国がドイツに侵攻される時、ナレーターはそれに至った責任の所在について、「この不幸が何によってもたらされたかについて今は語る時ではない。ある者は海軍本部に責任があると言い、ある者は陸軍大臣であると言う。また、ある者はそれがドーバー艦隊提督にあると言うのである」（"To what cause the misfortune was to be attributed we need not now discuss. Some laid it upon the Admiralty, some upon the Minister for War, some upon the Admiral of the Channel Fleet" 71）、と語る。「今は」とあるが、その後もナレーターは侵攻の原因について一切語らない。この防衛の問題点について作者は自分の考えを言明せずに、責任の所在を海軍か政治家などにあると、まとまらない世論を紹介することで注意が向けられないよう工夫しているのだ。この作品の英国への侵攻に対する無関心さは、「まさにこの頃、ドーキングの戦いは起こったのだ」（"It was about this time, in fact, that the Battle of Dorking occurred" 72）という語りでより明らかになる。英国がドイツによって侵攻されるようすは、三年前に出版された「ドーキングの戦い」を比喩的に用いて、読者の想像力や記憶に委ねることで、不要な戦闘の詳細な描写を省く工夫をしているのである。さらに戦闘の結果については、「被害は痛ましいものであった」（"the effects of that battle [were] severe" 72）、と語るものの、被害の規模や双方の戦力、英国が侵攻軍相手に奮闘する描写なども一切なく、「英国は助かった」（"England was saved" 72）、と締めくくるのである。英国の一大事をこのように淡々と描き、その語りからは読者のいかなる感情も喚起しようとはしていないのである。『五十年が過ぎ』同様、この作品においても、読者が英国の防衛や戦力を問題視しないように気をつけていると考えられる。

どちらの作品も侵攻小説に含められるべき作品ながら、英国軍や防衛力について一切の不満を見せないという奇妙な一致を見せる。それには英国軍が負けている状況でも侵攻されている状況でも、英国軍やその防衛力に読者が不満を抱かないように誘導するという両作者の計算があるだろう。これは、両作者の改革の主張が軍事以外に設定されているという理由に他ならない。『五十年が過ぎ』では、改革すべきものを否定的に描いているという主張の分かりやすさがあるが、それには、肯定的に描くものとの明暗をはっきり分けることで読者を作者の改革の主張に同意させる仕組みがある。『トルコの分割』では、それが英国の成功談であるため、いかに成功していくかに作者の主張を見出すことができるであろう。しかし、作品で描かれる成功していく過程というのは、当時の悪しき政策が変わっていく過程でもある。その成功の裏側、つまり改革が実行されなかった場合の状況を推し量ることで、作者が信じている英国内にある悪の存在も出てくる。それゆえ、両作品が扱う、いうなれば善と悪に注目して、東方問題における二つの作品の取り組みを考察し、作品の主張と、それを読者に信じさせる方法を分析したい。

Ⅲ　『五十年が過ぎ』に登場する二種類の悪

両作品はそれぞれ二種類の悪役を読者に提示する。一つは変えることのできない、そして自滅していく悪である。『五十年が過ぎ』において、それはトルコであり、『トルコの分割』では、主にドイツである。もう一つの悪というのは、変えるべき、あるいは倒すべき悪である。一方で、『五十年が過ぎ』においては単純にトルコと心中することを選んだ英国の外交政策である。その問題点に読者の意識を集中させる試みは大胆である。それは、大英帝国を滅ぼすロシアを正当化するやり方である。

『五十年が過ぎ』で英国が破滅するのは、直接的にはロシアと戦い破れたためだ。英国を破滅に追いやるロシアが悪者とされるのは当然の成り行きであるが、作者はロシアを否定的には描かない。これは敵国へ読者が負の感情を抱かないよう工夫された描き方なのだ。例えば、始めに英国がトルコの解体に反対していたのはトルコが英国に負う債権の回収が目的だったからだが、他の列強がロシア側に付くなかでも英国が最後までトルコの味方をしたのは正しい行いをして国際社会の評判を高めるロシアに英国が嫉妬心を募らせていたからだった。それは、ロシアがトルコの自国民に対する圧政を終わらせるために他の強国に協力を求めていたとき、英国は「古い嫉妬心を燃やして英国の指導者達は断った。そして勢いづいたトルコは全ヨーロッパと敵対したのだ」(“the old jealousy revived. the English rulers declined again, and Turkey, thus emboldened, defied all Europe” 16)、と描かれるように英国の指導者たちは、そのつまらない自尊心のためにトルコに味方してロシアと敵対していくのである。「古い嫉妬」とあるのは、英国がロシアの昔の成功に対して抱いているものであり、例えば、「ロシアは他のどの国も行わなかった農奴の解放を自ら行ったのである」(“she had done an act which no other nation had ever done in voluntarily giving her serfs freedom” 10–11) なる箇所で、唯一自発的に農奴を解放した国というロシアの善行について英国がロシアに嫉妬している理由の一つとして語られる。ロシアのこれまでの悪い行いについては、「しかし、我々の歴史にも他の国々と同じように祖国の名前を汚す一幕はあったのである」(“but there are pages in our history as black as any that have stained her name” 11) と擁護される。英国も他国のことを悪く言えたものではないという調子でロシアを非難しない。作者はロシアを積極的に庇っているのだ。また、作品中でロシアがトルコに忠義立てして敵対していたエジプトを攻撃し、スエズ運河を封鎖したことも、「国際法によれば、ロシアの行いはいずれも正当化できる。それは、アレクサンドリアはロシアと交戦していた町であったこと、そして、運河（スエズ運河）はその交戦国の領土内を流れていたからである」(“According to the usages of war, Russia was justified in both these actions, for Alexandria was a town belonging to a nation at war with her, and the canal [Suez Canal] ran through that nation's territory” 20)、と述べて、英国の核心的利益であるインドとの重要な海路をロシアが奪ったにもかかわらず、その行為の正当性をわざわざ説明しているのだ。それは、英国が多くの株を所有するスエズ運河を他国が封鎖することに、読者が嫌悪感を持つかもしれない箇所だからである。ロシアがインド帝国へ影響力を拡大しようとしているとの当時根強かった懸念に対して、作者は以下のようにナレーターに回顧させる。

賢明な人々はロシアにはそのような計画はなく、すでにある広大な領土を維持するだけで手一杯だったのだと考えた。そして、その正しさはのちに証明された。しかし、このような意見を述べた人は馬鹿にされ、鼻先の未来も見通せない愚か者だとこき下ろされたのだった。

(Sensible men at that time believed, what since has been proved, that she had no such design, having enough work to do in managing the vast extent of territory she already possessed; but those who uttered this opinion were scoffed at and set down as stupid people who could not see an inch beyond their noses. 12)

ここで語られる「証明された」という箇所は、作品内における架空の未来においての話である。クリミア戦争で敗戦して不凍港であった黒海の港を失ったロシアは、ヨーロッパで一番広い領土を持っていながら冬に使える港を持っておらず、南進する機会を伺っていたわけであるから「広大な領土を維持するだけで手一杯だった」、つまり、領土拡大の野心を持っていなかったとするのは現実の状況とは食い違う。一八七七年当時、未来にいる設定のナレーターはロシアの動向に英国が心配する数々の点はただの取り越し苦労であり、実際にそうであったと語るわけだ。そして、現実の出版当時のロシアに警戒心を持つ人々については、ロシア擁護に傾く「分別のある人々」を「あざ笑い、馬鹿にする」人々という具合に悪く描かれているのである。このように、作者が行うロシアの擁護はあたかもロシアには一切の非がないといえるほど徹底されているし、ロシアが悪者と取られないよう念入りに弁明している。それは、「英国はあらゆる穢れた行いをする国の味方となり罪深く悪しき戦争へと引きずり込まれたのだ」("England was driven into a criminal and unholy war on the side of a Power whose every act was unclean" 19)という善と悪の戦いを描く作品のプロットを成り立たせるためであり、ロシアと敵対する英国が悪の側に立っていることを読者に間違いのないよう理解させたいという作者の意図は明確である。そのように、敵であるロシアを是が非でも擁護するという作者の姿勢には、消去法的に本当の敵が英国の内にあることを読者に悟らせようとする意図が表れているといえる。それは、英国の外交姿勢なのである。具体的には名前こそ出ないがディズレイリ批判であり、彼の行う外交なのだ。

この作品は出版当時を一九二七年という架空の未来から振り返り、英国が破滅していく経緯を見ていくという設定である。当時の英国の指導者が「起こったことの全てに主な責任がある」("mainly responsible for all that was done" 13)と語ることから、当時の首相ディズレイリ批判が始まることが予期されるが、その悲劇の元凶である人物については次のように語られる。

……政治工作の手腕における名人で知略に長けた冷徹な男。彼の鋭い皮肉には痛烈な嘲りが込められ、彼の野心には際限がない。……そんな彼が制限を受けない権力を持つのは危険極まりないことだった。

(...... a thorough master of the art of political manoeuvring–a man clever and bland, whose wit was pointed with the bitterest scorn, whose ambition seemed to have no limit ...... , but in whose hands unlimited power was a dangerous weapon. 13)

彼を描写する「政治工作の手腕における名人」というのは、当然褒め言葉ではなく、彼の狡猾さ、徳の低さを非難する箇所であろう。さらに、彼を底なしの野心家と語る。そして、作者はそのような人物が権力の座に就くことへの強い警戒心を表すのだ。

また、そのような悪しき政治家を止めることのできたかもしれない人物について「お前たちも不思議に思うだろう、誰も彼ら（英国政府）の行いに対して立ち上がらなかったということに。しかし、この地には本物の男が一人いたのだ。彼の人生はこの国を良くするために戦い続けたのだ」（"You may wonder, my boys, ... that no one rose up to oppose their [English Government's] actions; but there was one true man in the land, a man whose life was one continuous struggle for the nation's good" 17）、と言い、救世主を紹介するような描写から、この人物のリーダーシップのもとならば、英国の悲劇は防げたと読者に訴えていることが見て取れる。この人物の名前も語られないが、彼はグラッドストンだろう。というのは、彼はディズレイリのライバルであったし、作品中で、その彼について「もし彼が嘘をつける人物であったら、より好まれる政治家となっただろう」（"Were he a less honest man, he would be a better statesman" 17）、と語られるが、これは一八六八年に『バニティ・フェア』誌（*Vanity Fair*）の風刺画に添えられた、「もし彼がより悪い男であったなら、より良い政治家となっただろう」（"Were he a worse man, he would be a better statesman"; Matthews and Mellini 55）、というグラッドストンについての言葉に酷似している。さらに、グラッドストンは作品が出版される前の総選挙があった一八七四年に首相の座から退いたが、「国民は彼への支持運動を起こした。しかし、すべては無駄な行いであった。というのは、その少し前に国民は自らの欲のために力を行使する者たちへ権力を預けたからである」（"The People rallied around him, but 'twas all in vain, as some time before they had given power to those ...... who now use it for their own purposes" 17）、という作中の語りから、国民が「権力を預けた」という箇所は、ディズレイリ率いるトーリー党が普通選挙で勝利し権力を握ったことに合致する。そして、その対抗勢力について「彼」と語られるのは、そのライバルであるグラッドストンと考えるのが妥当である。このように国民が勝たせた相手が「自らの欲のために力を行使する」政党であったことで、当時の国民の間違った判断を責めている。さらに、現実に起こすべきではないことを未来からの反省として、この作品は語るわけであるから、トーリー党のライバルへの「支持運動を起こした」ことが無駄だったと語られるのは、作者にグラッドストンの支持をより高めたいという主張があったと考えられるのである。

Ⅳ　『トルコの分割』における倒すべき悪

『トルコの分割』における悪役はドイツに設定されている。普仏戦争の結果を受けてドイツが脅威であるというイメージの利用は継続して行われていたのである。平和が続いていたドイツでは、その皇帝の影響力について「平和時にあって弱まっていた影響力は、それを維持するために、そろそろ新たな戦争を必要としていた」（“an influence, ever waning in time of peace, would soon require for its maintenance another war” 9）、と描かれるように、ドイツは国自体が戦争によって維持される危険な国であるとの作者の見方が表されている。また、ドイツが他国との戦争によって内政問題の棚上げや風化を図る様子が描かれる。加えて次の引用「確かに、戦争をすることはドイツの商売となっていた。そして、ドイツ人が商売人として優秀であることは世界中で知られている」（“It had become, in fact, the business of Germany to make war—and that the Germans are excellent men of business is well known to all the world” 15-6）からなる文章は、戦争がドイツの国家事業であるとまで言っていると取れる箇所であり、「世界中で知られている」という表現で作者と当時の読者の共通認識を用い、ドイツを戦争に頼る国という印象を強める箇所でもあろう。

また戦争が始まってからの「ドイツ軍の部隊は機動的で一八七〇年のときよりもその速さと正確さにおいて優れ

ていたのだ」（"The German troops were mobilised with a speed and accuracy even greater than that displayed in 1870" 15）という語りは、普仏戦争報道の読者の記憶を用い、より強力なドイツ軍という描写に現実味をもたせるものである。そして、その強いはずのドイツが徹底的な反撃にあうシーンの一つ、「ライン川の土手全域に沿って集まったフランス軍は一八七〇年のドイツ軍のように迅速であった」（"the French forces who swarmed along the whole bank of the Rhine as speedily as did the Germans in 1870" 34）という場面の描写には、強力なドイツのイメージを逆手に取った強い皮肉が込められている。英国もドイツに侵攻され、被害を被った。また、ロシアについても肯定的な見方はされていないが、積極的に悪者ともされていない。隙あれば、領土を拡大したい狡猾な国という程度である。英国やロシアに比べて、この作品ではドイツが悪として描かれているのは明らかである。

しかし、すでに見てきたように、この作品にも軍事的にその悪にどう対処すべきかという主張はない。このドイツの存在は変えられない悪で、その点では『五十年が過ぎ』におけるトルコと同じである。ドイツは普仏戦争を経て読者から受け入れられやすい都合の良い悪役として登場しているが、ドイツの役割は英国の弱腰な平和外交を転換させる装置として働く。ヨーロッパの平和を乱すドイツにトルコをめぐってロシアが敵対したとき、「英国の内外の政策は転換したのである」（"A change had come over our policy both at home and abroad" 12）、と誰の功績かは明らかにされないが、東方問題を契機に英国は転換期を迎えるのである。この後、政策の変化について語られるが、それらは一切が他国への対応に関してであり、「内外の政策」と言いつつも、これは総じて対外政策であると読み取れる。変化したのはドイツに対して一歩も譲らない強腰な対応を取るようになったことであるが、その背景として語られるのは、「我々は固有の権利を放棄して平和的合意を手に入れる政治家にうんざりしていた」（"We had wearied of the statesmanship that was …… to purchase a 'pacific settlement' by the surrender of undoubted rights" 13）、という表現が伝えるように、それまでの弱腰の外交姿勢によって英国が損失を被っていたということである。

しかし、「固有の権利」が何かは語られず、具体的に何を守るために何がどう転換したのかはここからは読み取れない。

しかし、この作品では、英国の成功談を見ていくことで「転換」がいかなるものだったか、また、守るべき「固有の権利」の具体例も出てくる。それは、ドイツがトルコの一部を占領しようとしたことに反対したロシアが、ドイツに対抗するために黒海艦隊をイスタンブールへ派遣していたとき、ロシアの艦隊が英国とインドを結ぶ海路を結果的に占領したという場面である。その知らせを外務大臣から受けたヴィクトリア女王は「外務大臣に直ちに閣議を開くよう命じた」（"She commanded the Foreign Secretary to convene a Cabinet Council immediately" 21）とリーダーシップを発揮する。ロシアの海上封鎖は戦争時の一時的なもので英国船籍の通過は問題がないことを保証すると言うロシアに対して女王は次のように切り返す。「一時的な占領で有益な接収だと語るが、それを信じる根拠はない。英国の利益が否応なしに要求するのはインドへの海路をすべての侵入者から守ることである」（"It was idle, she said, to talk of temporary occupation and beneficial seizures ...... the interests of England imperatively demanded the protection of the road to India against all comers" 26）。ここで女王が「英国の利益が否応なしに要求する」と語るのは、英国の「固有の権利」である英印間の海路を排他的に保護するという断固とした意思表示である。英国が保護する大英帝国の最も重要な権益であるインドの海路という核心的利益が危険に晒されるかもしれない、という可能性が芽生えた段階で英国は総力を挙げて対応に当たるわけである。つまりこれまでの「平和的解決」を優先するあまりに、英国の「固有の権利」が奪われる。そのような方針からの「転換」がなされ、英国は海外の権益に関して外国に付け入る隙を一切与えない覚悟を持つ国になることができたのである。この譲歩しない女王の態度を受けてロシアは英国と地中海で交戦するのだが、英国艦隊は簡単にロシア艦隊を撃破する。

ここまで見ていくと『トルコの分割』で作者が主張したいことは英国は自らの利益のために毅然とした外交政策

をとっていくべきだということは間違いない。しかし、注目したいのは、この作品では首相の存在が無視されているということである。これまでの弱腰外交を止め、英国はより繁栄していくのだが、それを牽引するのは女王なのだ。女王が英国の危機の可能性を迅速に無くそうとしたことについて「国民の安全を守るために女王陛下が進んでご自身の楽しみを犠牲にされたことは、国民の玉座への忠誠をより強めるものとなったのは間違いない」（"The readiness with which Her Majesty sacrificed her own personal comfort in order that the public safety might be preserved ..... undoubtedly served to deepen the general attachment to the throne" 29）と評価されるのである。彼女が「公共の安全」のために働く姿勢は作中で王室人気を高めることになるのだが、その陰には首相の力もあったかもしれない。しかし、それらは一切描かれずに英国の成功は女王の手柄となるのである。

『五十年が過ぎ』では、直接的なディズレイリ批判があり、その作品内での彼は地獄への導き手といわんばかりの扱いである。一方、ディズレイリを無視して描かれる『トルコの分割』における英国の改革とその成功は、作者が彼のリーダーシップに不満を抱いているという気持ちの表れではないだろうか。それは、この作品では首相であるディズレイリ以外の人物の主導で英国は「転換」し成功を収めるからである。少なくとも、この作品によってディズレイリの人気が上るということはないだろう。

このように、どちらの作品も東方問題には現状の政治的リーダーシップでは対応できないという主張が見られる。現状のまま東方問題にぶつかった『五十年が過ぎ』では、トルコをめぐるヨーロッパの争いに全面的に巻き込まれることになり、英国は破滅してしまうのだが、女王というリーダーシップを得た『トルコの分割』の英国はトルコには関わらないという立場をとるとともに、ヨーロッパの戦争からは距離を取り、自衛に徹し成功する。

ここまで両作品の共通点をみてきた。それは、外国を悪役に設定し、その悪役に対するための軍備の適切化を訴えるというものではなく、軍事的な論は排して英国の外交政策の転換と、それを可能にする指導者の交代を主張しているということである。『五十年が過ぎ』ではディズレイリという悪、『トルコの分割』ではディズレイリの存在を無視してリーダーシップを発揮するヴィクトリア女王という善、それぞれの指導者の元で英国は異なる運命を辿ることになるのだ。

トルコへの対応で大きく別れた両作品だが、そこには、興味深い違いが見られる。『五十年が過ぎ』で、どうしようもない悪しき国として描かれるトルコに対して、英国は最後まで味方のままでいる。その一方で、『トルコの分割』ではトルコの悪い面は描かれない。そればかりか、同情的で好意的ともいえる扱いなのだ。しかし、そのトルコと英国は縁を切るのである。

V　両作品の異なるトルコへの見方

東方問題を避ける外交政策を主張する両作品がその主因であるトルコについて、まるで異なる描き方をしていることは考察に価する。『五十年が過ぎ』は一八七七年に出版され、『トルコの分割』は一八七四年に出たことから、どちらも同時代の作品といえるが、その三年の間には英国民を震撼させた大きな事件がトルコで起こっている。それは、一八七六年、トルコで起きた「四月蜂起」に関するクリスチャンの虐殺報道である（八）。これは、『五十年が過ぎ』におけるトルコについての描き方に大きな影響を与えているのではないだろうか。この作品がその報道を受けて書かれたと考えると納得がいくのは両作品のトルコに関する描き方を対比することで見えてくる。

『五十年が過ぎ』で、語り手の老兵は辛辣な口調でトルコ、つまりオスマン帝国は建国以来「向上心を持つすべて国にとっての疫病であり呪い」（〝a pest and a curse to all the nations aspiring a higher, nobler life and liberty〞8）であった、と語り、世界中の嫌われ者であり続けたトルコという作者の考えが非常によく表されている。その作者の考えは英国とトルコが連合国として戦うことになる場面で「英国はあらゆる穢れた行いをする国の味方となり罪深く悪しき戦争へと引きずり込まれたのだ」("England was driven into a criminal and unholy war on the side of a Power whose every act was unclean" 19)、という老兵の語りでより強調される。先ほどの引用では、トルコが外国に与える影響についてのみ言及していることから、まだトルコの内政に関しては弁解の余地があったかもしれない。しかし、この引用では「すべての行いが汚れた」とまで語り、トルコは外国に対してだけでなく、自国民に対しても害悪であることが読み取れる。そして、トルコに一切の良き点を見出さないというだけでなく、トルコの存在意義すら否定する作者の立場が明らかになっている。

一方で『トルコの分割』でドイツがオスマン帝国に攻め入る理由として語られるのはルーマニアを安定させドイツの債権者を保護するためである。また、ロシアはドイツに対抗して同じくルーマニアへ兵を送るが、それはキリスト教徒の保護が目的で、この点は『五十年が過ぎ』のロシアと同じに見える。しかし、「キリスト教徒の保護という、この国が好んで使う名目」("under her favourite device of protection to Christian subjects" 12)、とそれがロシアのお決まりの言い訳であることが語られ、『五十年が過ぎ』のように、ナレーターはロシアのトルコへの侵攻に正当性を与えない立場である。つまり、オスマン帝国が攻め入られるのは、この国が悪だという理由からではない。むしろこの作品ではドイツやロシアなどのオスマン帝国と交戦をした国を悪く語る。その戦争の結果、オスマン帝国が分割されることになったことが「残忍な国々によって見せられた、おぞましい有様」("the appalling spectacle presented by the outraged nations" 40) と語られるように、トルコの分割が「残忍な国々」によって行われたことから、トルコが被害者であるということが読み取れるのだ。トルコが蹂躙されたという主張での語りは、トルコの分割についてのナレーターの、「組織化された強奪機構という以上にましな言葉で呼ぶことはできない」("[It] could scarcely claim any higher title than that of an organized system of pillage" 41) という描写に如実に表れているだろう。この作品におけるトルコは悪政を働く加害者ではなく、パワーゲームの被害者なのである。さらに、英国とトルコの関係は、「少なくとも、支援するという約束をして、その言葉に釣られたトルコを戦争に向かわせてしまい、そして、トルコの最も苦難のときに、この国を見捨てるという非難からは免れることができた」（“We did at least manage to escape the reproach of having decoyed a little state［Turkey］into war by promises of assistance, and only deserting her［Turkey］at the hour of her utmost distress” 14）のように語られ、ここでは侵攻されていくルーマニアを支配するトルコに英国が関わらないこと、また、トルコが他の列強に対して戦争しないことが語られるが、「トルコの最も苦難のとき」という記述や、そのトルコを英国は「見捨てる」という箇所からも明らかなように、トルコに対するこの作品の立場は同情的といえる。その一方でトルコについて特に批判的な記述は見当たらず、崩壊しかかって食い物にされるかつての大国という描き方であることが分かるだろう。つまり、『五十年が過ぎ』での加害者としてのトルコと、『トルコの分割』における被害者としてのトルコという二つの作品から見るトルコは正反対なのである。

　さらに、現実世界でトルコの虐殺が報じられ、英国に衝撃を与えたことには、『五十年が過ぎ』の中で言及される箇所がある。次のようにトルコ軍の虐殺について語られる。

> この事件についてある新聞社の派遣記者が最初に電報を打ったものの、そのあまりの残酷さゆえ作り話に思われた。しかし、書かれていたことは全て事実だったのだ。男たちは残酷な手によって殺され、女たちはそれよりも酷い仕打ちを受けた。さらに幼子たちは銃剣から銃剣へ投げられたのだった。
> （A newspaper correspondent first sent the information, but it seemed too horrible to be true, …… but 'twas all true — men murdered in cold blood, women worse than murdered, children thrown from bayonet to bayonet. 15）

子供が兵士の間でゲームのように「銃剣から銃剣へ投げられた」、というのは過去の兵士の非道な行為を言い表すために現在でも使われている描写で、それがこの作品でも使われていたことは興味深い。そのような虐殺内容の真偽についての報道が正しいのかどうか分からないが、少なくとも作者がトルコを糾弾したいという意思が明らかなことは分かる。

その後の多くの侵攻小説作品のように、防衛上の不備を突かれて英国が敵に侵攻されてしまうという筋書きならば、不備を放置して英国が破滅するのを待つか、それを未然に防ぐための手立てを講じるかという、議論の余地を与えない二者択一を読者に迫ることができるだろう。しかし、『五十年が過ぎ』で描かれるように、トルコがキリスト教徒の虐殺をしていたことと英国が破滅することには直接的な関係はなく、英国が破滅するか、トルコへの支援を止めるか、という二者択一を読者に迫るのはかなり大胆である。(九)

さらに、トルコの味方に徹するという選択を作品内であえて行い、この選択が間違いであると読者に訴えかけるために、極端な結末を悲しく重苦しい雰囲気で描く。例えば、英国の敗戦から五十年後、語り手である主人公の老兵についての描写、「夜の闇が辺りに近づいてくるなか、両手に顔を埋めて彼は激しく泣いた」(“As the night shadows drew closer around. …… burying his face in his hands he burst into a flood of tears” 4)は、作品の重苦しい雰囲気を伝える一例であるが、彼は終戦から五十年経ても号泣するほど英国の敗戦の記憶に悩まされているのである。「夜の影が忍び寄るにつれて」との箇所は、ただ時間について述べているだけでなく、太陽の沈まない国として大英帝国が称えられていたこととの対比にもとれ、作品で醸し出そうとする悲しさを深める手段かもしれない。そして、このような重苦しい雰囲気は作品の終わりまで続く。英国の敗戦について彼が語るのは「価値あるものは全て剥ぎ取られ、貿易は駄目にされた。そして、科せられた重荷によって英国は破滅したのだった」(“Stripped of all worth having, our commerce destroyed, and our nation ruined by the heavy burdens placed upon her” 30)、という徹底的なもので、栄えた英国は見る影もなくなってしまったのである。このような結末にはトルコと縁を切ることへの作者の切実な訴えかけともいえるだろう。

このように、どちらも東方問題に関連した当時のタイムリーな作品であるが、三年という短い出版時期の違いから両作品の雰囲気はまるで異なったものになっている。それは、一方は破滅を防ぐための緊急の提案であるのに対し、もう一方は成功するための緩やかな提案という違いに現れている。

おわりに

『ドーキングの戦い』以降、一八八二年の「海峡トンネル危機」までの間は、差し迫った英国への侵攻の危機はなかったが、侵攻小説作品は出続けている。『五十年が過ぎ』と『トルコの分割』は英国本土からは随分離れているが、当時の懸案だった東方問題に英国の利益を絡め英国の軍事ではなく外交方針転換の主張を行っている。これには、チェスニーの作った手法が応用の効くプロパガンダとして孵化しかかったことを示唆しているだろう。

『五十年が過ぎ』では東方問題でも切迫した事柄であったトルコの虐殺を扱い、その抑止力となり得るロシアを善として描くことで、読者に作者の意に沿う読み方をするような工夫がなされている。『トルコの分割』は、その虐殺以前の作品であるため、トルコに対してはあまり否定的でなく、むしろ同情的であり、ロシアのトルコへの干渉についても英国の権益が奪われるまでは静観するという姿勢である。東方問題全体に対する英国の方針として、首を突っ込まずに自衛に徹した『トルコの分割』で英国は勝者となり、積極的な関与をした『五十年が過ぎ』で英国は破滅するという展開だ。それゆえ、両作品は東方問題、さらにいえば、列強のパワーゲームからは身を引くべきとの共通した主張も見えてくる。例えば、『トルコの分割』は、トルコの安定を目指すドイツとキリスト教徒の保護を名目としたロシアによる戦争の結果、トルコが分割統治されたことについて「組織化された強奪機構」（"an organized system of pillage" 41）と非難している。『五十年が過ぎ』においても、「ロシアが領域を拡大したがっていたことは間違いないが、我々はそれでロシアを非難できない。なぜなら英国は世界中の領域を得られるだけ得ようとしてきたのが常だったからである」（"Doubtless she［Russia］was fond of enlarging her territory, but our finger could never be pointed at her for that — the constant course of English policy being to acquire as many possessions as possible all over the world" 11）と拡張政策そのものを否定的に見て、それを行う英国も人のことは言えないとの語りをしている。さらに、一連の英国の悲劇の後で夢から覚めた老兵である主人公は「戦争に喜びを見出すものが打ち負かされるようにと神に祈った」（"I prayed that God …… would confound those who 'delight in war'" 32）のであるから、作者の反戦思想は明らかであろう。両作品は東方問題への参加だけでなく、戦争で富や領土を得ること、ひいては列強のパワーゲームそのものに否定的な姿勢で書かれているのである。このことは「ドーキングの戦い」の帝国主義批判を受け継いでいるといえるだろう。

『五十年が過ぎ』は、英国が直接攻撃されることなく破滅させられるという物語である。それは、致命的な外交のミスによるものだが、直接的にはロシアに海外で敗れたことが原因となっている。また、英国がロシアに制海権を奪われて戦争の継続ができなくなったことも原因とされている。一方で『トルコの分割』では、地中海でロシア海軍を破ったことが英国の成功要因の一つとなっている。また、この作品が英国本土での戦闘を重要視していなかったことは既に述べたが、どちらの作品も英国の運命が海外にあるように描かれている。それは、英国の防衛が陸よりも海に注目されていた時勢を反映したものではないだろうか。これは、当時グラッドストンなどが支持していた「外洋学派」という防衛上の考えに影響を受けたことが考えられる。[一〇]『五十年が過ぎ』と『トルコの分割』で陸上の防衛を重要視しない作風は、ウィリアム・レアード・クロウズ（William Laird Clowes）の『一八八七年の大海戦』（*The Great Naval War of 1887*）から始まる近未来海戦記の流行を予期する作品であろう。

『トルコの分割』には戦争の長期化と世界大戦の予測を行っているという画期的な点がある。作品内では、当時の言論が戦争をいかに予言しているかを、「どのように戦争が展開しようとも、その戦争は短く、突然に、そして、決定的な結末を迎える」（"whatever course the war might take, it would be 'short,' 'sudden,' and 'decisive'" 35）と紹介するが、このような予測は近代戦の歴史を振り返ると当然であるとしつつも、作者は「国同士の戦争は間違いなくより多くの血が流れ、そして、短期間では終わりにくいだろう」（"the conflict of nations might doubtless become more bloody, but could scarcely be less prolonged" 36）と反対の予測を立てる。この作品では、ヨーロッパを中心に、アジアを含めた大規模な四年に及ぶ戦争が描かれるが、これは偶然にも第一次世界大戦に要した年数と一致する。また、これまで見てきた作品もそうであるが、この後に論じていく作品も全て戦争は短期戦で済んでいる。軍事の専門家を含む多くの作者、例えば、フィリップ・コロンを筆頭に合計七人の陸海軍の専門家が世界大戦の予測を行った小説『一八九X年の大戦』では英国がフランス、ロシアと共にドイツ、オーストリア、イタリアの連合軍と戦うなど、第一次世界大戦の勢力図を正しく予測しているものの、三ヶ月で戦争は収束すると分析している。このような専門家のチームでも予測できなかった、近代戦が長期化する傾向を『トルコの分割』はすでに予見していたのである。

第四章　『一八八三年の侵攻』（*The Invasion of 1883*）

はじめに

一八七六年に出版されたこの作品は、「『ドーキングの戦い』の一種」（"Another publication of 'The Battle of Dorking'", "A Dream of Invasion", *Dundee Courier and Argus* 2）、と当時の新聞で評価されている。戦争の勝敗という点で『一八八三年の侵攻』と、同じくボランティア隊を中心に描く「ドーキングの戦い」とでは正反対のプロットであるが、前者が必要な改革が行われた場合の外敵の侵攻過程とその結果を描いているのに対し、後者は改革が行われなかった場合、どのようにして英国が防衛をするかということを描いており、両作品は本質的に同じで、この新聞の評価は妥当であると考えられる。空想の敵も「ドーキングの戦い」同様ドイツである。これには普仏戦争で、英国人が受けた恐怖心の利用が見られる。（一）どちらもボランティア隊を中心に描いているものの、両者の違いは、特に後者がボランティア隊員の目から浮き彫りになる本土防衛全体の不備を指摘し、その改革を主張しているのに対し、前者は、ボランティア隊そのものの改革や兵士の待遇の改善を主な主張としていることである。この章では、ボランティア隊の改革を主眼とする著者の思想を論じるとともに、いかなる方法で読者への説得を試みているかを明らかにしたい。

I　作品のプロット

まずはこの作品のあらすじを見ていきたい。一八八三年、作品の実際の出版から七年後、英国海軍がスコットランドのテイ（Tay）に停泊していたドイツ艦隊を壊滅させるところから物語は始まる。その後ナレーターは英国内外のこれまでの状況を語り始める。英国が東方の権益は無事に守られていると高をくくっていたなか、ロシア、オーストリア、ドイツの三ヶ国はある協定を結んでいたことが明らかになった。それは、ロシア、オーストリアで、オスマン帝国のヨーロッパ側を分割することと、オランダをドイツの領土にすることであった。ロシア、オーストリアによるトルコの分割は早々と行われる。英国は、その動きに敏感に反応して、エジプトとエジプトの西にあるレバント（Levant）に送れるだけの全ての艦隊と兵を送り、トルコから地中海を挟んだ場所に位置するインドへの重要な海路のスエズ運河の守備を固める。その結果、英国本土の防衛が不十分になってしまう。

話は英国内の防衛改革に移る。ある市民による防衛改革の本が出版され、世間で広く読まれるようになる。それには効果的な改革が書かれていたものの、この本の主張は下院議会から全会一致で却下される。しかし、この本が一般人に広く読まれるに従い、軍の改革を求める声は高まり、それは民衆の声に押された議会が承認したことで一気に進む。

ボランティア隊の制度は社会の荷物と考えられてきたが、隊の効率化と試験制度の導入で隊員の能力の向上を図った結果、ボランティア隊は、最も信頼のおける防衛力になり得ると英国民に認められるまでになる。一方、一般兵士については、給料はあがり、若者にとって憧れの職業の一つにまでなる。ボランティア隊の能力が格段に上がったため、ボランティア隊と一般兵との間に調和が生まれ、陸軍はより強固なものとなる。そして、英国は一般兵と予備兵の支えとなる二五万人ものボランティア隊員を獲得することになった。

この改革の後、ドイツ軍は手薄になった英国艦隊の隙をついて七万のドイツ兵をスコットランドのダンディー（Dundee）に上陸させる。しかし、ダンディー近くのテイに停泊していたドイツ艦隊は英国海軍の攻撃を受け一時間の内に壊滅させられ、すでに上陸していたドイツ軍の兵士は海からの補給も英国からの退却もできない状況になる。ここで、作品の始まりと時間が一致する。最初の上陸から六日が経過し、ダンディーを占領したドイツ軍は体制を整え南下する。それに対し、英国側はスターリング（Stirling）で八万の兵を集めて迎え撃つ。ドイツ側はボランティア隊の能力を過少に評価していたため、自分たちより多くの兵力で守るスターリングを攻略することにする。ドイツ軍は夜明けを待たずに攻撃してきた。川を隔てた丘の上に陣取った英国軍は平地めがけて総攻撃をかける。激しい戦闘が続いたのち夜明けを迎えたが、そこに現れた光景はその平地に横たわった多くの死傷者と退却していくドイツ軍の隊列だった。川を渡り、体制を整えるドイツ兵もいたが、大砲とボランティア隊の猛攻に彼らはなす術もなかった。

ドイツは本国から援軍の派遣を試みるも英国の艦隊に見つかり、あえなく撃沈される。一方、フランスとの戦争では、ドイツ軍は防戦一方だった。一八七〇年の普仏戦争のときとは正反対である。その翌朝、ドイツ軍はまたスターリングに攻撃をしかけてきた。結果は前日と同じである。しかし、五千人のドイツ兵は本隊から離れ、側面攻撃を仕掛けようとする。しかし、それもボランティア隊などの待ち伏せに遭い失敗する。この戦闘が決定的となり、ドイツ軍は進軍をあきらめる。

ドイツの敗北が決定的となり、戦争が終わりを迎えようとしたところで、物語はある家族の話に移る。その家族は未亡人とその二人の娘で、ダンディー近郊の村に暮らしていたが、ある日そこを占領していたドイツ人将校から大量の食料を調達するよう命じられ、その夜、逃げ出すことにする。しかし、母親は小規模な戦闘に巻き込まれ流れ弾に当たり死亡してしまうのだ。

兵糧の少なさと二度の大規模な戦闘の失敗から戦争を継続できなくなったドイツ軍は停戦の申し出をし、英国はそれを了承する。オランダ、ベルギーは解放され、普仏戦争で失った地域は再びフランスのものとなる。また、多額の賠償金をドイツは支払うことになり、平和は回復する。一八七六年に民衆の声の高まりによって行われることになった防衛改革は、ドイツの侵攻を防いだことで有効であることが証明され、陸の防衛線もボランティア隊の存在などから海のそれと同様に信頼できるものであることが分かった、という結末で物語は終わる。

Ⅱ　改革の主役である読者

ある新聞ではウィリアム・M・カニンガム（William M. Cunningham）という人物の紹介記事が載っており、それには、彼が『一八八三年の侵攻』の著者であるということが書かれている。[一二]現在のところ、これ以上の資料は見当たらないため、本書では彼が著者だと仮定する。そのカニンガム自身は一八六七年からスコットランドにあったボランティア隊の士官をしていた。作品出版後は西スコットランド戦略協会（The West of Scotland Tactical Society）[一三]というボランティア隊の士官に戦術的な教育をするための団体に所属していた。一八九〇年のある新聞広告では、ボランティア隊の改革、啓発をテーマにした懸賞論文の提出先に彼の名前が書かれている。[一四]彼はその後ボランティア隊の改革を積極的に推進する公的な立場の人物になっている。また、ボランティア隊員への試験を行うことは作品中に行われた改革の内、その骨格をなす重要なものであった。ところで、この団体の設立は一八八五年であり、作品が出版されて九年後である。[一五] 一八七〇年にカードウェルの軍改革の一端として、ボランティア隊員の士官を対象にした試験が始まり、一八七二年にはそれが義務化される。しかし、その試験は実戦にはそぐわない形式的なものだった（Beckett 191）。この作品は、一八七〇年代の半ばに出版されたが、この試験に対する不満は執筆の一つの動機となったに違いないだろう。それゆえ、作品内で言及される「士官も下士官も受けなければならなかった試験制度」（"the system of examination, which their commissioned and noncommissioned officers underwent" 13）は、改良された、または新たに作られた架空の試験制度である。これが上手くいったことで、ボランティア隊は機能的になり、世間から信頼されるようになるのである。現実時間の一八八六年一月に行われた西スコットランド戦略協会の会合で話し合われたボランティア隊の改革は「ボランティア隊の要望」（"Volunteer Requirements"）という冊子になり、[一六] 国会でも議題に上ったが、その原案はこの作品の著者によるものと言われている。[一七] その中で、この団体が求めていたのは予算の引き上げで、結果的に翌年の予算に八万ポンドの上乗せをすることに成功している。さらに彼らは三点を要求した。その内の二点は主にボランティア隊員が任務のために私費を用いらなくて済むようにすることと、装備品を買うための予算の増額である。作中でもこのことについて、

ボランティア隊員たちは軍服や大外套、それに手桶が政府によって支給された。ボランティア隊員は皆知っていたことだが、大外套や手桶を持たない兵士が熱帯地方以外で戦闘を始めることができないことを陸軍省の上層部はようやく気付いたのだった。

(...... uniforms, great coats, and kits were provided for them [the volunteers] by the Government; for the War Office authorities had at last seen, what every volunteer had long known, that soldiers without greatcoats and without kits could never take the field in a country out of the tropics. 15)

ここで語られるのは装備品の支給を政府がついに始めるという内容だが、当時は隊員たちがそれらを私費で賄っていたのである。この箇所は改革後の様子であり、当然ながら、それを今後やるべき改善であると作者は主張しているわけだ。「ボランティア隊員は皆知っていた」ことを「陸軍省の上層部はようやく気づいた」と書いているのは、現在の政府への不信感を募らしている作者の気持ちの表れだろう。さらに、作者の不満は政府が改革のために動かざるを得なくなる背景が語られる箇所に如実に表れている。それは、国会で議論されるも、すぐに却下された軍事改革の本が、民衆の手に渡った後に起こる出来事である。

しかし、この本が市民の手に渡り、読まれ、理解されると、改革を求める声が日毎に高まっていった。それにともない、次の国会議会では軍の改革が一つの争点となったのである。

(The book, however, was in the hands of the public, and was read and understood by them, and the cry for reform became louder and louder. Accordingly, in the ensuing session of Parliament, the question of army reform was one of the most prominent. 12)

ここでは作品の中で著者が主張する正しい改革の提案を政府は簡単に捨て去るも、民衆は政府とは違い、それを拾い上げ高らかに改革を唱えた、と言うのである。そして、彼らの声の高まりによって、ついに政府は改革に乗り出すのである。民衆の運動を改革の原動力とするプロットから、いかに作者が政治家に期待していないかが見て取れる。これは『一八八三年の侵攻』の作者の執筆動機も示唆している。つまり、作者は政府が重い腰を上げるためには、民衆からのプレッシャーが必要だと考えていたに違いない。この一市民が書いた架空の本が民衆を動かし本の主張が政策で実現されるという話は、このジャンルの多くの作者たちが自分の作品にかけた期待の反映である。特にこの作者は自らもボランティア隊員という一市民であり、実現させたい改革があったが、政府や政治家への不信感から、「ドーキングの戦い」の前例に倣い侵攻小説に頼って、民衆の声を高めようとしたのである。

Ⅲ　防衛の主力になる得るボランティア隊

この作品はロシア、オーストリア、ドイツが結託し、英国とフランス相手に戦争をするという、大きな戦争であるにも関わらず、英独以外の戦況は仏独戦がわずかに語られるほかは全く触れられない。それは、この列強間での戦争が、ドイツの侵攻に真実味を持たせるための、ただの装置に過ぎないということを示唆している。そして、改善された国内防衛力で英国がいかに本土を防衛するかというところに、作者は注力するのである。架空の未来で効果的な防衛改革をしたことで、英国がドイツ軍の侵攻という危機を乗り切ったことから、その防衛改革こそが、作者が唱導する政策であると考えるのは当然である。それは端的にいえば、兵とボランティア隊員の待遇の改善と、現実に即した彼らへの訓練である。改革を終えて強力になった英国の自衛力だが、その中でも、ボランティア隊は「英国で最も信頼のおける軍事力」("the most reliable force in the kingdom" 13)、と言われるまでに作中で成長する。このことから、侵攻してくるドイツ軍との戦いでボランティア隊員の活躍に注目が集まるように、話が展開されていくことは自然な流れである。しかし、本来は一般兵に劣る能力しか持たないはずのボランティア隊を大きな戦争において戦勝国側の重要な戦力として描くというのは、かなりの冒険である。それでも、この作品の主な主張であるボランティア隊の改革を描く以上、その効果がどのようなものであるかを描かなければ作者の主張は完結しないだろう。そこで現実味を損ないかねない難しいプロットを作者はどのように描くか見ていきたい。

まずは、必要な兵士が海外に行ってしまうという最悪のタイミングでドイツ軍の侵攻を受けるという前提があり、ボランティア隊の力が最大限に発揮できる舞台が与えられる。例えば、二度ある大きな戦いの内、初めの戦いの前に作戦を練るドイツ軍の司令官は、要塞化していたスターリングを避けて西に迂回する作戦を考えていたが、それに対して若い将校がスターリングの攻略について次のように進言する。

「あなたがお考えになるほど難しくはないはずです。あそこは正規兵の数があまり多くありません。それにボランティア隊員たちは銃を上手く撃てないでしょう。それどころか、構えることすらままならないと思います。彼らはウィンブルドンやシューブリーネスでスコアを競うのが関の山ですよ。商店主や紡績業者は正規兵にまだ対峙したことがないのです」

（It won't be so difficult as you think it …… There can't be many regular troops there, and I don't believe these volunteers will handle their guns well, or even stand to them. It is all very fine for them to make high scores at Wimbledon and Shoeburyness; but shopkeepers and cottonspinners have never yet stood before a regular soldiery. 33）

ボランティア隊を甘く見るドイツ軍の様子を描くことで、作者はこの戦いの勝敗の行方、さらに言えば英国の運命がボランティア隊の双肩にかかっているという下地作りを行っている。また、隊員たちは、実戦ではなく、ウィンブルドンなどで行われていた射撃の大会でしか腕を振るうことができない、あるいは、彼ら商売人などの非正規兵は戦力になった試しがない、などという箇所では、ボランティア隊が世間に思われていそうなことの例を、敵であるドイツ人に挙げさせている。これはボランティア隊について、このように考えている英国人は、敵のドイツ人と同類であるとの関連付けを試み、そのような考えを改めさせようとする箇所でもある。

そしてドイツ軍は夜明け前、川を渡ってスターリングに攻め込もうとする。英国軍はドイツ軍を囲んで集中砲火を浴びせるが、三つに別れていたドイツ軍の内、一つは地形を利用し、うまく隠れながら進んで川を渡りきる場面が出てくる。このように攻め込まれると劣勢に追い込まれていたかもしれないという状況で、英国ボランティア隊が彼らを側面攻撃し撃退するのである。また、二度目の戦いのときもドイツ軍は川を渡りスターリングを攻撃する。英国軍は前回のときのようにドイツ軍に集中砲火を浴びせるが、今回ドイツ軍は大隊の一部を迂回させ、英国軍の側面を攻撃する。ここでも、英国軍は反撃を行うが、ドイツ軍を撃退するには至らない。しかし勇敢な二つのボランティア隊が彼らに襲いかかり勝利するという場面が描かれる。この二つの隊の様子は、それぞれ、「一方の隊は軽快な歩調、突進、トラのような飛びつき」（"the bounding step, the dash, the tiger-like spring of the one" 48）、そして、「もう一方の隊は安定した前進でサイのように押し進んでいく様子」（"the steady, onward, rhinoceros-like push of the other" 48）、と描かれる。トラとサイに例えられるが、前者は紳士を集めて作られた隊で、後者は機械工の集まりだ。また、この場面の彼らは前述のドイツ人将校が馬鹿にした、一般兵に劣るはずのボランティア隊の勇敢な姿なのである。このような紳士と職人が果敢に逞しく戦う描写で、ドイツ軍の予想は完全に裏切られ、戦局はドイツ軍にとって絶望的になる。このように、ボランティア隊は兵士の補助的な役割に過ぎないはずであるが、この作品では彼らの活躍に脚光を浴びせ、花を持たせることで、彼らを物語の中心に据え描くことに成功しているのである。

しかし、ボランティア隊の力が最大限に発揮できる舞台を与えたいと願う作者は、英国正規兵の全くの不在というタイミングではなく、あくまで、必要最低限の兵力は残っているという状況に、その舞台を設定している。それは、彼らだけで英国の本土防衛をするというのは、やはり無理があることを作者が認めているからだといえるが、ボランティア隊に与えられた分相応の設定がプロット全体の無理を少なくしていると同時に、作品の真実味を増しているのである。

Ⅳ　皆を不幸にする戦争

この作品には、この作品を英国軍改革のための単なるプロパガンダにしてしまう以上の要素が含まれている。作品の始まりはドイツ艦隊の敗北を喜ぶ若いスコットランドのボランティア隊員の様子が描かれ、その後、英国内の改革、国際情勢の説明、開戦という運びであるが、注目すべきは、一旦戦争が始まると英国が良い戦果を上げる一方で英独双方の悲劇も描かれている、ということである。例えば、クリーフから逃げてきた裸足の少女がスターリングの隊に保護されたときのシーンでは、卑劣なドイツ兵が彼女の寝たきりの母親を殺害したことが明らかになる。そして、それを娘が次のように語る。

「……そのうちの一人がアリクモアのお母さんの家に来て、ベッドで寝たきりだったお母さんを撃ったの。でも私のことは見逃した。あの男がまた出て行ったあと、お母さんに話しかけたの。でも、お母さんは返事しなかった。だからお母さんは死んだって思った」

（“...... ane o’ them cam’ into my mither’s hoose at Alichmore, and shot my mither, wha was in bed and couldna rise, but he didna mind me; and when he was gane oot again I spak to my mither, but she didna answer me, and I kent she was dead.”［“...... one of them came into my mother’s house at Alichmore, and shot my mother, who was in bed and couldn’t rise, but he didn’t mind me; and when he was gone out again I spoke to my mother, but she didn’t answer me, and I knew she was dead.”］（my translation）28）

このように、卑劣なものと、か弱き者の典型的な例を挙げて、露骨に読者の怒りを喚起する。彼女は次に、逃げる道中で助けてくれた男から聞いた話を語る。

「……司祭や医者、地方判事が広場の古い壁に向かって立たされ、そして撃たれたのを彼は自分の目で見たって」
("…… he saw wi' his ain een a minister, a doctor, and a bailie made to stan up agin the auld well at the square and were shot." ["…… he saw with his own eye a minister, a doctor, and a bailie made to stand up against the old wall at the square and were shot."] (my translation) 29)

ここで出てくる無抵抗の司祭や医者、地方判事がドイツ兵によって銃殺されたという伝聞は、地元で尊敬を集める人々の殺害という、現地の人々のプライドを傷つける方法でドイツ兵への怒りを覚えさせる箇所であろう。英国軍による蛮行、例えば、ドイツ人捕虜への虐待などは一切描かれていないことを考えると、ドイツ側の悪い面ばかりが描かれているようである。しかし、作者がドイツ軍をひどい悪者として描きたいとの意図を持っているとは言い難い箇所が、そのあと出てくる。例えば最初の大規模な戦闘の後、多くの兵士が病院へ運ばれるが、そこを訪れたナレーターが重傷を負ったドイツ兵と会話する場面がある。

「俺が助からないのは分かっている。英国人は友であれども敵ではない。神よ！　可哀想な私の妻と子供」そして彼はさっと目を拭った。

彼を翌日訪ねるとすでに死んでいた。政府の軍事的野心を満たすため、無理やり北海の向こう側から連れてこられた、たくさんの勇敢で知的な男たちと同じように死んでいたのだ。

（"…… Ich Weiss dass ich sterben soll. Sie Englischen sind Brüdern und nicht Feinden. Ach, Herr Jesu! Mein armes Weib und Kind, [I know I shall die. The English, you are brothers, not enemies. Oh, Lord Jesus! My poor wife and child]"(my translation) and he drew his hand hastily across his eyes.

I visited his bed the next day, but he was dead-dead like thousand of other brave, intelligent fellows, who had been brought across the German Sea sore against their will, to feed the military ambition of their government. 43)

ここで描かれるのは、無抵抗な非戦闘員を殺戮する冷酷なドイツ兵ではなく、一人の死にゆく父親としてのドイツ兵なのである。そして、ナレーターはこのドイツ兵や他の多くのドイツ兵士が望んでこの戦争に参加したのではないという意味のことを語るが、これは、彼らには罪が無いと読者に訴えているのと同じである。そしてナレーターは、すぐに怒りの矛先をドイツ政府へと向けるのだ。このように、ドイツ軍の蛮行が描かれるも、罪のないドイツ軍兵士、人間味のあるドイツ人の描写も織り交ぜられているのである。

この作品で英国軍による蛮行は一切描かれていないと述べたが、英国軍の作戦は、防御すること、前進してくるドイツ軍に応戦することに終始していたため、すでにドイツ軍に占領された地域に関しては、見捨てるというものだった。これは蛮行ではないものの、自国民に対し非情な作戦だといえる。ドイツ軍が七万の兵で侵攻する一方、英国軍はスターリングで八万、最終的には十二万の兵を集めていた。それにも関わらず、ダンディーやクリーフが占領されるなか、英国軍はそれらの町の奪回には一切動かない。たくさんの小規模な戦闘、二度の大きな戦闘はどれもが南進してくるドイツ軍に対して、それを食い止める戦いである。ドイツに占領されていた地域では多くの悲劇が起きているとされる。その中で描かれるのは、広場で銃殺された市民や、火を放たれた村などであるが、それらの悲劇は、より多くの兵力を持つ英国軍が占領された地域の奪回に向かえば防げたかもしれない。しかも、上陸した直後に艦隊を沈められたドイツ軍は本国からの補給ができないわけであるから、占領された地域の人々にとっては、飢えた無数の狼がそこに放たれたようなものだ。救うという判断をすることでよりヒロイックな英国軍を描けたかもしれない。しかし、そのような状況下に置かれた住民について、英国軍は彼らを見殺しにするということが、「もし、羊や牛を提供しなかったことでドイツ軍が農民や市長を射殺したり、縛し首にしたとしても、それは残念であるが、仕方のないことであっただろう。彼らは縛り首にされねばならないのである」（"if they［the Germans］shot or hanged farmers and provosts because they could not supply them with sheep and oxen—it was a pity, but it could not be helped. The farmers and provosts must be hanged" 31）、と語られる。ドイツ軍に補給させないためには地元の人が殺されても仕方ないという自国民に対して冷徹な軍の態度が露わになるのである。さらに、英国軍に見捨てられた、ある村での悲劇が語られる。そこでドイツ軍が「恐ろしい手段」（"the terrible measures," 49）にでたのは「飢餓状態に近い軍隊を食べさせるために強いられた」（"the invaders were obliged to resort to feed their half famishing army" 49）からであるのだ。ここで、ドイツ軍に責任を帰せる表現をすることはなく、「恐ろしい手段」をとった背景には英国軍の作戦があったのはいうまでもない。海の退路を断たれ、進軍先でも補給ができず、兵糧攻めにあったドイツ軍に、戦争をこう着状態に持ち込む選択肢はなく、攻め続けるしかない。一般的に守るよりも攻める方が多くの兵力を必要とすると言われていることから、ドイツ軍はより不利な条件で戦闘をしなければならない。しかし、そういう状況を作ったのは、他でもない、英国側なのである。つまり、ドイツ軍が恐ろしい手段を強いられたのと同様に、英国軍もまたドイツ軍のその手段を引き出す、恐ろしい手段を取る必要に迫られたのである。

当然ながら、英国軍の印象を悪くするプロットで作品を書くことは、作者の執筆意図から反するであろう。作者の訴える軍の改革からは、軍に志願することが若者に好まれるようにするということに加え、ボランティア隊が世間から尊敬されるような仕組み作りをするという考えが読み取れる。また、フィクションである以上、ドイツ軍、あるいはドイツ政府を徹底的な悪者とすることや、英国軍を単純に侵略者と戦う正義の軍とすることは容易だったはずであるが、作者はそうはせずに、上述のドイツ軍を正当化する表現や、英国軍の作戦で犠牲になる住民の姿も描くのである。そして、物語の最後で語られるダンディー近郊に住む母娘の話で、作者は本当の悪役を見せる。それは戦争そのものである。あらすじに書いた通り、この母親は英国軍とドイツ軍との小規模な戦闘に巻き込まれ死んでしまう。そこで、その彼女の遺体を確認した英国兵は、「戦争は悪魔の業」（"War is devil's work!" 59）と言うのだ。野心を持って英国を攻め入ることにしたドイツ政府、それを実行するドイツ軍、また、占領地区の住民を見殺しにする作戦をとった英国軍、いずれの責任ともいわず、「戦争は悪魔の業」と、作者はこの兵に言わせるのである。さらに、その後、母の亡骸を前にしたボランティア隊員の息子が以下のように語る。

両膝をついていたカーは立ち上がり、「神の御業がなされた！」とようやく口に出した。「しかし、いつの世でも戦争が非難されんことを祈る！私は最愛の母を失った。そして、ドイツのどこかの村では、ここにいる死んだ兵隊たちの子供たちが良き父、愛する父を失って孤児となったのだ」

（"God's will be done!" said Kerr at last, rising from his knees, "but let war be for ever accused! I have lost the best and dearest of mothers; and probably in some German village there are orphan children who, in these dead troopers, have lost good and loving fathers." 59）

たった今、最愛の母を亡くしたにも関わらず、ドイツ人やドイツ政府を恨む言葉は出て来ない。それどころか、この戦争で父親に先立たれたドイツ人の孤児たちを憐れみ、また、戦死したドイツ兵士を孤児たちにとっての「良き、愛情深き父親」と敬意を表すのである。英国やドイツではなく、「戦争が呪われろ」と、この悲しみにくれた息子を通して訴えるのだ。敵であるドイツ兵士の蛮行を描きながら、彼らを一人の人間としても同情的に描き、また、英国軍を正義の軍として描きながら、彼らの非情な作戦と、その犠牲者をも描くのは、作品に作者の反戦思想を認めるならば矛盾はないのである。

おわりに

この作品は国内防衛の改善について、ボランティア隊の改革を主に主張している。著者本人が現実にボランティア隊の改善のために働き、それが功を奏していることを考えると、作品の主張の一部は実現されたわけである。作品が出版された一八七六年当時は東方問題が活発化しており、そのあおりを受ける形でドイツに侵攻されることを想定したこの物語は、当時の国民の不安を上手く使ったともいえるだろう。また、ドイツは一八七〇年の普仏戦争で英国を震撼させた国であるため、この作品は当時の情勢不安と少し前の英国人の恐怖心に訴えかけた作品といえる。

当時の新聞の書評を読むと、スコットランドをドイツが選んで侵攻するというプロットに疑問が呈されている。つまり、数が少なくなった英国海軍の隙を付くのであれば、なぜ、ロンドンに近い場所が選ばれなかったのか、ということである。また、スコットランドを選ばなければならないのであれば、なぜドイツ軍は自軍のための補給路確保、もしくは、英国軍の防衛を阻止するための爆破などの準備をせずに、不利な状況で侵攻したのだろうといった点もある（"The Invasion of 1883" and "A Dream of Invasion"[一八]）。しかし、読者は地元が侵攻される物語が好きなのである。当時はあまり知られていなかったかもしれないが、このことは、後に『デイリー・メール』紙（*Daily Mail*）や『デイリー・ミラー』紙（*Daily Mirror*）の創業者、アルフレッド・ハームズワース（Alfred Harmsworth）が一八九〇年代から一九〇〇年代にかけて、部数を伸ばしたい地域を外国軍に侵攻させる侵攻小説ものの新聞小説で販路拡大したことが証明している（Clarke *Voices Prophesying War* 122）[一九]。戦術的な理由はどうであれ、グラスゴーで出版されたこの作品が、スコットランドを舞台にした戦いであることが、出版後すぐに、「この作品はすでに広範囲に流通しているが、今後もさらなる販売の増加を期待できる」（"The work has already had an extensive circulation and promises to attain a still wider one", "The Invasion of 1883", *Freeman's Journal* 5）と言われたほど人気となったことの理由の一つには違いないだろう。ロンドンではなく地方を舞台にするというのは、侵攻小説のその初期において初めての試みだと思われ、地元を戦場にすることが読者の興味、関心を引く好例となった作品である。

最後に、侵攻するドイツ軍と、それを防ぐ英国軍というこの物語は、単純な善と悪の戦いではない。それは、悪しき者が徐々に人間らしく描かれ、善き者の欠点も次第に明らかになっていくという展開が読み取れるからである。この両軍のイメージの変化は善と悪の戦いという構図を曖昧にし、それによって戦争という一貫した悪が浮かび上がるのである。侵攻小説のように防衛力の強化を唱える小説において、反戦思想が読み取れるこの『一八八三年の侵攻』は軍関係者が好戦的であるとのステレオタイプに挑戦するものであり、現代でも読まれるべき作品であると思われる。

第五章　『海峡トンネル、つまり英国の破滅』（*The Channel Tunnel; or, England's Ruin*）

はじめに

この作品はカサンドラ（Cassandra）という匿名で書かれており、作者は不明である。タイトルが表すように一八八二年に『タイムズ』紙などのマスメディアがキャンペーンを張り六百名の政治家、宗教家、軍人、作家が団結して反対を表明した「海峡トンネル危機」の先駆けである。また、侵攻小説というジャンルで初めて英仏の海峡トンネルを題材にした作品もである。ここで、少し、「海峡トンネル危機」について整理したい。一八五六年にエメ・トメ・ドゥ・ギャモン（Aimé Thomé de Gamond）という技師がドーバー海峡を海底トンネルで繋ぐための予算を含めた具体的、技術的な可能性をナポレオンに示して以来、経済的な利点からフランスからの打診はあったものの、防衛面の不安により、英国での議論は何度も立ち消えとなっていた。その計画が現実味を帯び始めてきたのは、一八七六年に英仏共同の会社である海峡トンネル会社（The Channel Tunnel Company）が英仏両海峡で試験的な掘削工事を始めたことである。当時のメディアの反応は技術面でのコメントに留まるなど、同会社が一八八二年に本格的に建設を始めた時と比べると、とても穏やかな論調であった。(二〇) 一八八二年の英仏海峡を題材にした英国のプロパガンダ小説の多くはフランスを仮想の敵として描いていた。フランスをトンネルで結ぶということは、海に囲まれ海軍力を主力とし、脆弱な陸軍力しか保持していなかった英国にとっては脅威となりえた。しかし、『海峡トンネル、つまり英国の破滅』では、フランスではなくドイツによる英仏海峡トンネルを使った侵攻が描かれる。「ドーキングの戦い」は、強力なドイツによる英国への圧倒的な侵攻を描いているが、このテーマは『海峡トンネル、つまり英国の破滅』でも引き継がれているのだ。

本章では、一八七〇年代という英国への侵攻の危機が少なかった時代、さらに民衆の海峡トンネルへの危機感も皆無に等しかった頃にあえて書かれたこの作品が、いかに海峡トンネル建設の危険性を読者に訴えているか、その読者への誘導の手法を明らかにしたい。

Ⅰ　作品のプロットについて

この物語は現実時間の九年後の一八八五年から始まる。当時のドイツ国内では普仏戦争から十五年間の全く戦争のないなかで、次第に軍の存在に疑問を持つ国民が増えていき、軍を否定する民衆の運動が活発になる。また、フランスでは一八七〇年の戦争から立ち直るのに経済を優先し、国内の防衛は不十分なまま放置されていた。そのようななか、ドイツ皇帝は次のように考えた。平和主義が進んだドイツ国民も戦争による多額の賠償金から得られる繁栄に満足するだろう。そして、その豊かさをもたらす軍事力の必要性を認識し、軍を廃絶しようとする彼らの平和運動は骨抜きになるだろうと。そして、ドイツは自分たちに一方的に有利な条約をフランスに申し入れ、それが受け入れられなかったことを口実にフランスへの侵攻を開始する。英国はこの仏独の開戦を受けて、すでに開通していた英仏海峡トンネルを閉じるということを国内で議論したが、安全よりもフランスへ物資を高値で売ろうという戦争特需を期待する声の方が大きく、トンネルは開けたままにしておくことになった。ドイツ軍は普仏戦争のときよりもより早く、正確に兵を進め、あっという間にパリを包囲しフランスはまたも敗北する。二億五千万ポンドの賠償金がドイツに支払われることが約束され、戦争は終結する。その後、ドイツ皇帝は戦争の勝利を祝い、ベルリンから海底トンネルのフランス側の入口であるカレーまでの旅行を希望する国民には無料で提供し、海底列車を使うロンドンへの旅行も勧める。英国はこの旅行者を歓迎するが、その一ヶ月後にドイツは英国が戦争中、食料を輸出することでフランスに協力したとして二十万ポンドの賠償金を求める。英国は単なる経済活動だとして、その支払いには応じなかったが、それを口実にドイツは英国への侵攻を開始する。すると、すでにロンドンにいたドイツ人たちはすぐに海底トンネルを通る列車によって武器を供給され、小規模な戦闘の後に、ドーバー側の海峡トンネルの入口を占拠する。英国軍は指揮系統の不手際から反撃が遅れるなか、反対側のカレーからは武器と兵士が次々と送られ、ドイツ軍はドーバーで強力な軍の編成を続ける。すぐにドイツ軍の兵力は六万人に達し、北上した彼らと、カンタベリーで体勢を整えた英国軍との戦闘が始まる。英国軍は善戦するも、指揮系統の不備、砲弾や弾薬を削減していた政府の方針が仇となりドイツ軍を打破することが出来ない。また、英国海軍の隙をついて、敵の艦隊はグラスゴーに到達することに成功する。そのようななか、スコットランドは船でロンドンへ援軍の派遣を試みるも、大半は到着することに失敗する。他にも鉄道網の不備をそのままにしていたため、他の地域からの兵士や補給が間に合わず、英国は本来の力を出すことがままならないまま、カンタベリーからも退き、ロンドンの南に防衛線を張り、守備を固めることになる。一方、ロンドン市内では、労働者階級の一部が暴徒となり、英国人同士が戦わなければならない状況となってしまう。こうしたなか、最後の防衛線も簡単に破られてしまい、敵軍のロンドンへの道が開けてしまう。それには、指揮の判断ミスもあるが、一番責められるべきは英国政府であると著者は説く。つまり、経済活動を優先するあまり、政府は最低限の国内防衛をおろそかにしたと訴えるのだ。武器の製造、輸送手段はもちろん、兵士の練度の低さも数日で解消出来るものではない。また通信網の守備も薄く、命令が遅れる決定的な原因になる。兵士の士気は高くとも、それだけでは戦えない。それでもロンドンへの侵攻を防ぐべく、最終手段として、英国の南と西をドイツに明け渡すことで敵の兵力を分散させ、平行して停戦交渉も試みようとする。しかし、新たに作った防衛線の維持、敵軍の分散、交渉のすべてが不毛に終わる。国内世論も賠償金の支払いもやむなしという論調になり、その結果五億ポンドを支払うことで、決着をつける。開戦してからわずか半月で英国はここまで追いつめられるのである。こうしてドイツは、安全よりも経済を優先させていたフランスと英国両国から多額の賠償金を得ることに成功する。

この物語は数年先という近未来における英国への侵攻を詳細な描写で描くことで、物語が書かれた当時の国内防衛の不備を浮き彫りにする「ドーキングの戦い」の系譜を受け継ぐ作品である。適切な防衛政策がなされれば、将来の悲劇を防ぐことが出来るという警告を発し、その政策を推進しようとする明確な政治的意図をもったプロパガンダ小説であると考えられる。その意図とはタイトルになっている海峡トンネルの危険性を主張することにある。そして、トンネルが存在するならば、国内の防衛費は増やさなければならないというものである。この二つの点が作者の主張といえるだろう。トンネルがなければ大量のドイツ軍が来ることはなかったし、防衛費が十分にあれば、トンネルを使ってきたドイツ軍を撃破しトンネルを塞ぐこともできたはずだ。しかし、防衛費が削られ準備が整っていない英国に対し、トンネルを使ってドイツ軍が来るという話の流れから、防衛費や国防に関心があまりない政府が批判の槍玉に挙げられる場面が多く出てくる。それを端的に表すシーンは作品中の重要な戦闘であるカンタベリーでの戦いである。その戦いで英国軍の敗退の決定的な理由となるものは軍縮であると作者は語る。

勇敢な軍団がやりくり上手な政府によって最低限の規模にまで縮小された。政府はまともな数の馬も与えず、それゆえ軍団は必要な人員を確保することもできなかったのだ。

（That gallant corps had been reduced to a minimum by an economical Government, which refused the proper number of horses, and could not enlist the proper numb number of men. 22）

ここで描写されるのはドイツ軍相手にまともに戦えない英国軍の能力である。「やりくり上手な」との皮肉を込めて語られる英国政府によって最小限にされた軍団が、このような状況下では最小限をさらに下回る防衛力であるとの作者の主張は、進撃する敵軍に転進を余儀なくされる様子からも明らかである。ついにはロンドンを守る最後の防衛線が破られた時の、「名誉よりも富を優先した英国の恥辱である」（"a disgrace to the country [England] which preferred riches to honour" 36）は、富を重んじる姿勢に名誉を対比させ、時の政権を恥ずべきものだとの主張が、敗戦する結末に合わせ語られている。軍縮は危険であると同時に英国民の誇りも奪いかねないものだと結論づける作者の姿勢が明らかである。そして防衛費を縮小した英国が結果的に五億ポンドもの大金をドイツに支払うというシナリオから、軍事費を削減することはかえって高くつくことを五億という数字で示しているのである。しかし、その為の増税は、英国民にとって割に合わない保険代となる可能性もあり、また、軍事費の増大によって国家間の緊張を高める危険性もある。実際に国防を考える時は、侵攻される危険性を減らすために、様々な政策が試みられるべきであろう。確かに英国陸軍がドイツやロシアなどの他の列強に対して圧倒的に脆弱な戦力しか有していなかったことは事実であるにしても、この作品は当時世界一であった英国の軍事費（Matikkala 25）をさらに増大することが安全を得る方法であると主張する。このように論争の余地の多い政治的主張ゆえに作者はさまざまな問いかけや問題提起をしながら読者に考えることを求めるのである。

Ⅱ　効果的に使われる「議題設定」

この『海峡トンネル、つまり英国の破滅』は「ドーキングの戦い」と違い、一人称による物語進行はない。後者は主人公にボランティア隊員を用い、彼の視点による一人称の語りを徹底させることで、戦場において一市民の目から浮き彫りになる防衛の不備、迫り来る敵の恐怖などを読者に疑似体験させる効果があった。一方でこの作品は、英国への侵攻の前提条件としての独仏英を中心としたヨーロッパの状況やドイツによるフランスへの侵攻をマクロ的に描き、英国への侵攻の様子などはマクロ的にもミクロ的にも描くなど、読者にさまざまな視点を提供している。例えば、仏独の開戦に際して周辺国がとった対応は、以下の通りである。

「自分たちには関係ない」とオーストリアは言った。「もしオーストリアを跨がなくてよいなら、我々の軍を出して参加したのだが」とイタリアは言った。イングランドは大陸に干渉するために大金を出し過ぎていると考えた。しかし、ロシア人は国境の先にあるプロイセンを見てこう思った。フランスを助けることでドイツの喉元に飛び込めるかもしれないと。

(Austria said, 'It is nothing to me;' Italy said, 'If Austria were not between, we might try our army;' England thought she [England] was making too much money to interfere in anything continental; but the Muscovite looked over the border into Prussia, and thought that by helping France he might lay the springing at the throat of Germany. 7-8)

それぞれの国は擬人化され、マクロ的、かつ簡潔に周辺国の動向が描かれる。また、オーストリアの「自分たちには関係ない」との発言から始まるこの箇所は、周辺国の利己的な姿勢を示すことで、後に英国が単独でドイツと戦わなければならなくなることを仄めかす箇所ともいえるであろう。そして、フランスへの侵攻もとても簡潔に語られる。それは、「決定的な戦闘が二日（五月二日）に起こり、ドイツ軍に天は微笑んだのである」（"The decisive battle occurred on the second [the 2nd of May], and was decided in favour of the Germans" 12）であり、重要な戦局がかくも簡潔に説明されるのだ。しかも、日付を五月二日と特定することで、この戦闘を時系列的に位置付け易くしていることから、英国が侵攻される過程は単純な未来の事実だと読者に飲み込みやすくさせる工夫も見られる。その一方で、英独の戦争では、海峡トンネルの出口で十分に準備を整えたドイツ軍が北上していくのを迎え撃つ英国軍が、指揮系統の効率の悪さから補給のために深夜まで足止めされ、ようやく食料を受け取る、というような詳細な描写がなされるのだ。

午前一時、小麦粉と生きた雄牛や羊や豚を積んだ列車が来た。兵士たちは生肉や生の小麦粉など食べられない。バーネット将軍はこれを無理に食べるのは体に悪いと思った。しかし午前五時前には、全ての兵士が食べた。彼らのほとんどはこれが政府による悪戯だと考え、不平を募らせるのだった。

(At 1 A.M. …… a train came down loaded with live bullocks, sheep, pigs, and flour. The men could hardly eat raw meat; and uncooked flour the General, Lord Barnet, thought would not be a good thing to fight on. By 5 A.M., however, each man had eaten, and the soldiers sat growling over what most of them still considered a practical joke played by Government. 20-1)

時刻を特定し、出てくる生肉や調理していない小麦粉を食べざるを得ない兵士の状況を描くこの箇所は、深夜一時まで食事をとれないなか、ようやく届いた食料は食べられた物ではなく、それでも朝五時までかけて食した兵士達という描写である。このような場面は読者にも想像しやすく、同情を覚えやすい箇所であろう。さらにこのような問題が起きるのを政府のせいだと兵士に言わせるのである。しかし、兵糧の準備のように、まずは軍の内部の責任と考えるのが普通だと思われる箇所であるにもかかわらず、「政府による悪戯」との言葉が出てくるところから、作者が政府を非難する姿勢がいっそう明らかになる。また、ここで登場するバーネット卿（Lord Barnet）という人物は、それ以降もミクロ的な視点で英国軍の状況を語る役割を担う。その一方で、大局的にも戦局は読者に語られる。例を挙げると、「カンタベリーからの撤収は十一日に始まった。そして、敵の進軍を防ぐ戦力を集めることができないということは明白だった」（"The retreat from Canterbury had commenced on the 11th, and it was evident that no force could be assembled to prevent the enemy's advance" 33）である。ここでは上述の、「やりくり上手な政府」によって最小限に抑えられた軍に関連して、「敵の進軍を防ぐ戦力を集めることができない」と、間接的に政府を非難する箇所でもある。このような流れから読者は、国際情勢と戦局の全体像を把握しつつ、作者の指摘する具体的な問題点に着眼出来るはずである。

この作品は全てを見通せるはずの三人称の語りで書かれている。三人称を用いる利点として考えられるのは、作者が見せる箇所以外には読者の向ける注意が最小限で済むということである。一人称で進行することで生じる語り手の人物設定などは排することができるし、読者の関心がその話者自身にも向くことを防ぐこともできる。そして、英国が破滅してゆく過程を詳細に描くことで作者の軍事費削減に反対する主張を他の箇所から際立たせることができるだろう。つまり、三人称の語りにより、作者の主張に関係ない箇所、例えば、仏独の戦争などについては、英国が破滅にいたる背景知識に留められ、それ以上の注意が向けられにくくされている。反面、その注意が向けられるべき箇所、主に英国が侵攻される場面は刻明に描かれている。しかも、そこでは、戦局の重要な場面で英国軍に不備が見つかり、読者の怒りが政府に向けられる。また、不備の指摘の後にはあわせて、その原因となる政策に言及し、作者の主張はより明確に示される。それは例えば、勝たなければならないカンタベリーの戦いの直前では、まるで準備が追いついていない英国の状況が赤裸々に批判されている。

多くの兵士が食料は持っていたが、弾薬は持っていなかった。南へと急いで転回する列車の中、彼らの持っているライフルの多くが弾薬不足で使い物にならないことが分かったのだ。やりくり上手の政府が弾薬を作り過ぎたとでも思ったか、数千ポンドを節約するために、その製造を止めたのである。
(Many started loaded with food, but no-ammunition; many discovered that their rifles were useless, when they were whirling south in the train. An economical Government had saved a few thousands by stopping the manufacture if what it considered too great a quantity of ammunition. 25)

ここでも「やりくり上手な」と政府を揶揄し、そのやりくりの結果が弾薬にすら事欠く英国軍であると、その原因を政府の軍縮政策に結びつける。同様に、ロンドンを守る最後の防衛線が突破された時には、次のように、軍の作戦よりも政府の政策の失敗が敗戦の原因ではないかと読者に問いかける。

右翼が反撃をするための時間はなかった。……一部の批評家は右翼を指揮した将軍に責任があると唱えるが、しかし、より政府に非があるのではないだろうか。政府は騎馬隊の数を減らし過ぎて偵察を続けるのが実質不可能だったのだから。

（There was no time for the countermarch of the right …… Some critics say the General commanding the right wing was to blame; but is that Government not more to blame which reduced the cavalry to numbers so small that no scouting could be possibly carried on? 36）

他の箇所と違い、「一部の批評家は……」から始まる説明で異なる意見を含ませる。そして、政府に責任があると根拠を付けて訴えかけることで、筆者は両論を提示しながら、何もかもを政府の責任とする姿勢を柔らかくする工夫もしているようだ。また、当時列強で最強だったドイツ陸軍を前に、政策の悪さゆえに本来出せるはずの力をまるで発揮出来ないというところで、英国人である読者の神経を逆なでしないような気配りもしている。このように緩急をつけた語りで、英国の惨めな敗北を描くことに成功しているのである。

英国政府の政策を原因とする失敗に次ぐ失敗を描き、それによって苦しむ英国兵やロンドン市民が登場するが、その悲劇が起こらないために何をすべきか、ということを作者は直接には明言しない。基本的には原因と悪い結果を提示することで読者に悟らせるという手法である。さきほどの二つの引用も然り、次の引用もその一例である。

カンタベリーからの騎馬隊が真夜中ごろに到着し、彼らもトンネルの入り口を奪回しようとした。……そして、ついに、この勝てるはずのない戦いに敗れ、そして、金儲けに走る国がこの悲劇を招いたことを呪い倒れていった。

（The cavalry from Canterbury arrived about midnight, and they, too, tried to gain the mouth of the pit …… and at last horse and foot gave up the hopeless attempts, and lay down to curse the money—making country that had brought this misfortune upon them. 20）

ここに出てくる騎馬隊もドイツ軍相手になす術がなく、その状況で「やりくり上手な」という表現よりもあからさまに、英国を「金儲けに走る国」と彼らに非難させる。このような場面からは、登場人物の強い不満や彼らが窮地に立たされる姿が出てくるものの、具体的にその悲劇を防ぐ手だてが提示されているわけではない。問題について、「何を考えろ」「どう解決しろ」と訴えるよりも、語り手が選択した限定的な情報を与えることで、受け手はその情報から自発的に考え、結果、語り手の望む行動を取りやすい「議題設定」という手法がある。この作品においては限定された情報というのは、政府の方針がことごとく裏目に出てしまう、という架空の状況であり、また、そのことによって、英国がドイツの手に落ちるという結末である。その情報だけを頼りに判断するならば、導かれる答えは、その方針の転換を支持するという結論である。また、その「議題設定」を何度も出すことで、当時の防衛政策は悪しきものであるとの反復効果も期待できるかもしれない。

このように、この作品は英国の破滅を描写することで読者の感情に直接訴えかける。その破滅とは、ロンドンへ進軍していくドイツ軍からもたらされるものだけではなく、内側からの崩壊でもある。ロンドンでは混乱に乗じた貧困層の市民が悪事を尽くす箇所が出てくる。それは、「東から西に至るまで極悪行為の波は押し寄せた。流血や強盗、強姦、放火といったものが、その痕跡を残した。オクスフォード通りとテムズ川の間では火災がとめどなく起こった」（"From east to west came this tide of villainy, and bloodshed, robbery, rape, and arson marked the track it left ...... Between Oxford Street and the river fire after fire sprang up" 28-9）である。ここでは、読者の多くが思い描くことができるであろうロンドンのオクスフォード通り辺りが、同胞によって破壊される描写によって良心的な読者ならば、感情がかなり揺さぶられる場面である。その絶望的な状況で、さらに悪いことに外敵が迫ってくるという場面は、「そのころドイツ軍は規律正しく確実かつ迅速に命運尽きた首都へと進軍していたのだった」（"The Germans, in the meantime, were pressing on, surely, steadily, and quickly to the doomed city" 32）と、作品の最も盛り上がる場面に差し掛かる。また、物語の開始は一八八五年三月二日とし、ドイツが英国に侵攻を始めたのは六月九日、敗戦したのは六月二四日という風に時間を指定し、物語は進む。この作品が一八七六年に出版されたことから、時間設定は九年後の近い未来であり、現実の改革をする時間的余裕はあまり残されていない。その現実に破滅までの時間が迫っていることと、作中で外敵がまさに侵攻しようとしてくるようすは、偶然一致しているわけではない。読者に時間を意識させるため、物語内の日付まで指定しているのである。このような仕組みで、作品自体に緊張感を与えているのだ。

ところで、『タイムズ』紙の戦争特派員ウィリアム・ラッセルはクリミア戦争で兵士の日常を伝え、彼らの待遇の改善に大きく寄与した。彼は読者の同情心を喚起することで、効果的な記事を書くことが出来たが、それはチャールズ・ディケンズ(Charles Dickens)が社会の最階層にいる子供達などを描き、同情心を用いたことと本質的に同じである。一方で、侵攻小説と呼ばれる作品群はそれぞれの主張を支持してもらうために読者の同情心ではなく恐怖心に訴えることが多々ある。この作者が敵国の設定でドイツを選んだことは、普仏戦争の恐怖の残り火がまだあったであろう一八七六年当時では良い判断だったといえる。侵攻の結末は「ドイツ皇帝は自身の計画の成功を祝わせるため、ウェストミンスター宮殿に将軍を集めた」("the German Emperor assembled his generals in the Halls of Westminster to receive their congratulations of the success of his enterprise" 37)で、ビッグ・ベンを擁するロンドンで最も格式の高い建物、ウェストミンスター宮殿でドイツは勝利を祝うが、これは一八七一年にウィルヘルム一世(Wilhelm I)が占領中のパリのヴェルサイユ宮殿でドイツ帝国の建国を宣言した事実を想起させるし、ドイツ軍の用意周到さや、スピーディーな侵攻は、普仏戦争のそれと似ている。現代のプロパガンダ研究でも、受け手の信念を変えることよりも、その信念を強化したり、土台として使って新たな信念を植え付けたりする方が効果的であるとされる。それを考えると、この敵国設定はセオリー通りである。つまり、海峡トンネルを題材に英国への侵攻を描くならば、対岸の入り口があるフランスを敵国として選ぶ方がプロットとして自然であるが、ドイツを敵国に選ぶ方が、ドイツに脅威を感じる受け手の信念を使うことができ、それを土台に英国の防衛力は不十分であるという信念を与えやすいのだ。また、作品の主張に沿うことはその読者自身の生命や財産への危機を少なくすることにも繋がるかもしれない。そのような時に作者と読者は利害が一致するのである。それでも、ドイツ軍がフランスをまたいで海峡トンネルから英国を侵攻するプロットには多くの解決すべき問題があり、それが、この作品の予測に大きな足かせとなっている。

Ⅲ　無理に始まる仏独の戦争

この作品は侵攻される過程を通じ読者にその恐怖の疑似体験をさせたうえ、その体験の中に悪い未来を回避できるヒントを織り交ぜるという構成である。これは、ドイツ軍が当時ヨーロッパ最強の陸軍力といわれたことを考えれば不自然ではない。しかし、その前の段階であるドイツが英国本土に上陸するという設定はかなり大胆である。例えば、ドイツとフランスが開戦する過程を見てみよう。物語の始めでドイツ政府にとって不利となる軍を撤廃する運動が起き、ドイツ皇帝はその運動を抑えるためにフランスと五分五分の軍縮を国民に約束する。

皆が知っての通り、別のナポレオンが敵国の王座についた。我々が軍を持たなくなったら、ナポレオンはこちらに攻め入ることを我慢できるだろうか？

群衆の声はこう叫ぶ。「ドイツ軍は大き過ぎる」

子供たちよ、私は諸君に約束する。もしナポレオンが軍を縮小するならば、こちらも同等の縮小をしよう。これで満足かな?

(You know that again a Napoleon is on the throne of our enemies, and think you that he will desist from an attack on our country when our army is no more?
A shout from the crowd: 'The army is too large.'
But now, my children, I will make you a promise. If Napoleon will reduce his army, the German army will be reduced accordingly; does that satisfy you? 6)

ここに出てくるナポレオンとは普仏戦争の結果、追放されたナポレオン三世の息子であろう。一八七九年に死亡し、実際に政権につくことはなかったが、ナポレオンという名前は、一八七〇年の普仏戦争開戦当時の状況を思い出させる。そのことで、好戦的なドイツの姿を受け入れやすくする工夫がなされているといえるだろう。「ドイツ軍は大きすぎる」と叫ぶ群衆にドイツ皇帝は「子供たちよ」と自身の野心や狡猾さを隠し国民に軍縮の提案をして優しく諭しているが、ドイツと同じように軍縮をするということはフランスにとっては厳しすぎるものであった。なぜならフランス軍の戦力は「この国の必要とする最低限度を下回っていた」("already too small for the nation's possible need" 6) のであり軍縮の余地がなかったからである。しかし、その提案が受け入れられなかったことに対しドイツ国民は「フランスによって祖国を侮辱したと信じ込まされた」("had been led to believe that France had insulted the Fatherland" 6) ということから開戦の機運が一気に高まるのである。もし、フランスはすでに必要最低限以下の兵力しか有していなかったと、一行で済む情報がドイツ国民に届き、そして広まっていれば、彼らが盲目的にフランスを悪者とし、敵意を募らせることはなかったであろう。

さらに、フランス皇帝が軍事よりも経済の知識があったと前書きしたうえで、「皇帝と彼の将軍たちは自軍の総力を割り出し、ドイツと戦うことがいかに無謀であるかを悟った」（"as he and his generals summed up the total of their forces, they saw how almost hopeless a war with the Germans would be" 7）と、フランス側は戦争が始まって自国の戦力を計算するのだ。ドイツ同様、フランスも互いの軍事力については事前に把握しているのが当然であり、フランスの愚かさが強調されている。開戦したあとで、周辺国の反応は「ヨーロッパはこの突然の開戦に驚き目を見張った。そしてどの内閣もフランスの性急さを非難した」（"Europe gazed in stupid wonder at the suddenness of hostilities, and no cabinet but blamed the rashness of France" 7）、というものだったため、フランスに協力する国は現れない。それだけでなく、それらの国々は、ドイツがフランスに要求した二億五千万ポンドもの賠償金の不条理さに気付かず、ドイツが主張する通りに、「要求は妥当」（"the demand not excessive" 14）と考える。英国も同じようにドイツの野心には一貫して無知で、海峡トンネルを使ってドイツ人旅行者が大挙して押し寄せて来たときのきわめて肯定的なメディアの反応が次の通り語られる。

わずかな疑念を含む報道が少しはあったものの、もっとも影響力のあった報道機関は「（ドイツ）政府によって人々になされた最高の優しさ」について非難を唱える人々を責め立てた。そして、「細か過ぎる哲学についての冗長な研究をすること以外になんの罪もない、知性豊かな（ドイツ）国」への行路がいかに開かれたかを報じたのである。

（There was a breath of suspicion here and there in a few journals, but the leading one blamed those who cast a slur on "the greatest kindness ever done to a people by a [the German] government," and showed how travel would open up "the great mind of a nation [Germany] whose only fault was an exaggerated study of details in its philosophy. 16）

「わずかな疑念を含む」と言及しているところは、フィクションであるものの、現実にあり得そうな記事といえる。しかし、この英国メディアの反応は、とても楽観的でもある。結局、英国人がドイツに危機感を募らせるのは、作品中で六月九日の『タイムズ』紙に「ドイツは英国に総額二十万ポンドを求めた。それは戦争中にフランスに物資の供給をしていたことで生じた損失を見積もったものだった」（"Germany demands from England the sum of 200,000l., that being the estimated loss sustained on account of supplies to France during the war." 18）なる記事が掲載されてからである。そのときの様子は「この島の北から南まで震えが走った。そして、英国内で大規模な会合が開かれた」（"A shiver passed through the island from south to north, and mass meetings of people were held." 18）と、英国中が震撼するほどであるが、このような反応もまた、英国民がドイツの野心にまるで無知であったことを表し、英国人のナイーブさを強調する箇所である。

このように作者はドイツが有利にフランスと英国に侵攻できるようにする工夫を凝らしているのである。そして、ドイツが英国を侵攻するというプロットが、多く工夫を凝らさなければ成り立たないということは、逆に考えるならば、当時の英国はドイツに対しかなり安全だったとも考えられる。

おわりに

この作品は効果的なプロパガンダの手法だけでなく、後述する斬新なアイデアをちりばめながら、当時としてはかなり力技となるドイツによる英国の侵攻を描いている。しかし、ここまでして侵攻を描こうとした背景には、一八七六年という早い時期に海峡トンネルの危険性を描こうとしたという事情があったためである。トンネルを使ってドイツ軍が攻めてくる、というプロットから、その侵攻後に英国軍が四苦八苦する場面が多く描かれるため、軍縮批判が最重要なテーマに見えるが、その実、トンネル建設に反対するメッセージこそがこの作品で最も大事なものである。

一八七一年の「ドーキングの戦い」は、ドイツに対する国民的危機感の高まりを上手く捉えていた。また、それは、カードウェルが、英国軍の大幅な改革を進めた陸軍改革法案も積極的に議論されていた時期の作品でもあった。しかし、『海峡トンネル、つまり英国の破滅』は、トンネルの建設もまだ始まっておらず、新たな論争を巻き起こす緊急性も、利用できる世論の高まりも、欠けていたなかであえて書かれたのである。

一八八二年に『タイムズ』紙や『一九世紀』誌がすでに本格的な建設が始まっていた英仏海峡トンネルに反対する猛烈なキャンペーンを行ったが、『海峡トンネル、つまり英国の破滅』がそれより六年も前に侵攻の危険性を指摘したことは特筆すべきである。作品が出版された同じ年の一八七六年に試験的な掘削工事が始まるが、その頃に侵攻の危機を唱えるものは少なく、作品中でメディアの良心として扱われる『ペルメル・ガジェット』紙でさえ、建設に反対する姿勢は示さず、トンネル内の換気の問題等、技術的な面に言及するのみだった。また、一八七〇年代の侵攻小説でも、海峡トンネルを題材にしたものは『海峡トンネル、つまり英国の破滅』を除き、皆無である。その後の一八八二年から一八八三年の間にそれを題材に扱った作品が多く登場したことを考えると、この作品は先駆的であり、その斬新さはもっと評価されるに値する。また、英国に侵攻するにあたり、多くのドイツ人旅行者にその土台となる役割を担わせたことも斬新である。しかもこの設定は、一八八二年の『ジョン・ブルがいかにロンドンを失ったか』でも、ドーバー側のトンネルが、まず旅行者に扮したフランス人達の手に落ち、英国はそれを奪回できないまま、フランスは侵攻軍の準備を整えるという展開で用いられている。外国人旅行者への差別を助長する恐れがあるが、プロット自体には捨てがたいものがあったに違いない。また、英国内にいるドイツ国籍の民間人が戦力となるという手法は、のちに侵攻小説で最も成功したといわれるウィリアム・ル・キューが好んだ手法であった。少なくとも、後の作品の重要なテーマとなったもの、すなわち、海峡トンネルと英国にいる外国人旅行者などの非戦闘員が軍事的役割を担うという設定を、この作品は二つも有しているのである。この作品は侵攻小説がプロパガンダ装置として英国に根付くその役割を果たした作品ともいえるのだ。

第三部　一八八二年の「海峡トンネル危機」における侵攻小説作品

第六章　『いかにジョン・ブルはロンドンを失ったか』（*How John Bull Lost London*）

はじめに

『いかにジョン・ブルはロンドンを失ったか』もこれまでの侵攻小説作品と同じく匿名で書かれたものである。グリップ（Grip）と名乗るこの作品の著者は現時点ではまだ分かっていないが、ある新聞記事によるとJ・ドリュー・ゲイ（J. Drew Gay）という人物が書いたという説もある。（一一）ゲイはかつて『デイリー・テレグラフ』紙（*Daily Telegraph*）の副編集長をしていた人物で、一八八〇年に英国のエジプト侵攻についてフランス側の見解を捏造し伝えたことが明るみになって引退するが、それまでは第一級のジャーナリストと見なされていた。（一二）

この作品は一八八二年二月に発表されたもので、「海峡トンネル危機」に反対する意図で書かれた物語としては最も話題になった作品である。興味深いことに、同時期に匿名で『一九世紀』誌に海峡トンネルの危険性を訴えるメモが発表されている。そのメモについての新聞記事には、「我々の読者が次期副元帥によるものと推測して間違いないだろう『著名な将官』のメモでは、当然ガーネット・ウォールズリー卿は利点について気づいていないわけではなく……」（"The memorandum of a 'Distinguished General Officer' whom our readers will hardly be wrong in surmising to be the future Adjutant General, as might have been expected, Sir Garnet Wolseley is not insensible to the attraction ……", "The Channel Tunnel" *London Evening Standard* 2）とある。メモの作者を確定するかのように、その二ヶ月後には、トンネル建設反対派を主導する言説であったウォールズリー陸軍元帥のメモが同じ『一九世紀』に掲載されている。ウォールズリーが反対意見を発表していたことは、『いかにジョン・ブルはロンドンを失ったか』の発表当時、すでに公然の秘密となっていたことが読み取れる。

　作品自体「ドーキングの戦い」を踏襲していることは間違いないが、一八七六年発表の『海峡トンネル、つまり英国の破滅』に非常に似ている。というのは、後者においても、本作品と同じく、外国人旅行者がドーバーにある架空の海底トンネルの駅を占領したうえ、そのトンネルを使って外国軍が英国に侵攻してくるというプロットで書かれているからである。この作品ではフランス軍は持っている大半の軍事力を用いて英国に侵攻する。しかし、出版当時の状況で、フランスを包囲するために一八七三年に締結された独露墺の三帝同盟、その形を新たにした一八八一年の三帝同盟の締結という事実からみても、近隣の国々に攻め込まれないという信頼を置いて英国と総力戦ができるほど当時のフランスに余裕があったとは考え難い[三三]。これについては、英国への侵攻に先立ちフランスは他の列強と交渉をして自国の安全を図っていることが、次のように作品中で仄めかされている。

　ある噂によれば……ドイツはフランスが今以上力を拡大することに肯定的ではないと。……また、ロシアとフランスがある合意に達し、それはロシアがフランスにエジプトを渡す、という噂も囁かれていた。

（There had been rumours, …… that Germany would not be unwilling to witness a further extension of French power …… And there are other stories afloat of a proposed Russian and French understanding, by which the former power offered Egypt to France. 36)

ここから読み取ることができるのは、ドイツとロシアに限定はされているが、そのうちロシアはフランスの拡大に理解があることを「噂」という形で説明しているということである。フランスがこれ以外の箇所で他国との約束を取り付けていることが描かれる場面はない。この噂のあとにフランスが英国に総力戦を仕掛けてくるということから、素直に解釈すれば、フランスは自国の軍隊を留守にできるほどロシアとの間に強い外交関係を結んでいるということになる。また、「エジプトをフランスに渡す」との箇所は一八七四年に英国がスエズ運河の株を取得したことに端を発する現実のエジプトをめぐる英仏の軋轢に言及している箇所で一八八二年の出版当時の英仏の関係が反映されている。

しかし、作品の時代設定は現実の出版の約二十年後の一九〇〇年である。作品が出版された一八八二年当時の情勢がその架空の二十年の間に変わっていると考えるのは普通である、その変化が描かれていないのは、時間を未来に設定するという「ドーキングの戦い」の手法が根付いていたからと見ることもできるだろう。また、上述したフランスのエジプトへの野心に加え、一八七一年の普仏戦争から精神的に立ち直っていないフランスの状況が「アルザスとロレーヌをドイツから奪い返すことができないフランス」("France, hopeless of ever beating back German legions from Alsace and Lorraine". 14)と語られることから、出版当時の情勢が作品の近未来の世界でも保存されていると考えることができる。このように、一八八二年当時の読者に理解しやすいフランスの状況が描かれるわけだが、ここに二十年後としていることの効果が現れてくる。読者は現実の状況を知っているわけで、フランスの憤りや野心などは理解できるだろう。しかし、その後の未来の状況は当然知らない。フランスが自国の防衛を無視して英国に全力で攻め入れるほど隣国を信頼できる設定としても、プロットは成り立つのである。

また作品中でも実際の国際関係が反映されていると思える箇所がある。それは物語の後半、侵攻したフランス軍が劣勢に立たされ敗北していくなか、ドイツやロシアがフランスを助けようとする場面はでてこない。この冷えた関係を考えると、現実だけでなく、作品内においてもフランスは近隣の国々と強い同盟関係にあるとはいえない。海峡トンネルの存在という英国の防衛の欠点はすかさずフランスに突かれるが、当のフランスは防衛力の不在につ いて他の列強からそれに付け込まれることはなく、結果として見逃されるのだ。現実の国際状況を用いつつ、未来の設定ということで、フランスが自由な振る舞いができるのは、列強間のパワーバランスが変わりやすく、予測不可能であることから、近未来の設定とすることで読者が興ざめしないような工夫ができる侵攻小説のメリットであろう。

侵攻小説とは基本的に近未来の予測を土台にして書かれている。現実のある問題が解決されずにいたら生じるかもしれない悲劇を語る、あるいは、問題などは無く、悲劇は起こり得ないとの姿勢で描く逆の語りもある。どちらの場合も作者には主張があり、現実味のある作品展開で近未来の予測を読者に納得させようとする。作品の設定に基本的な問題があると読者に悟られたら、それに基づく予測、つまり作者の描く近未来の様子も出鱈目だと判断される危険があるわけだから、作者の予測の信憑性は作品の要である。この作品は、フランスが英国に総力戦を仕掛けることができるかという疑問を二十年後の未来の出来事とすることで上手くかわしているのだ。そして、海峡トンネルを建設するべきではないという主張をするために、フランス軍がトンネルを使って圧倒的な戦力で英国に攻め込むというプロットを作者は成り立たせているのだ。また、作者は、読者の意識を英国内の状況に集中させるような物語進行をすることで、国際状況の予測に読者の意識があまり向かないように工夫している。

ここからは、作品のあらすじを紹介したうえで、作者がいかにフランスの脅威を信じさせ、また、作品の要であるトンネル建設反対の主張を展開するのか、その手法を見ていきたい。

Ⅰ　作品のプロットについて

物語は一九〇〇年六月四日、ジョン・スミス（John Smith）という英国人がフランス語訛りの男たちの命令に従順に従う様子が描かれるところから始まる。このスミスがいる場所は彼の自宅で、命令している男たちはフランス占領軍の軍曹と兵卒たちである。作品のナレーターはスミスが受けている恫喝や暴力、略奪などについて彼がしてきたことを考えると当然の報いだと語る。彼は海底トンネルの建設に賛成していたのだ。それだけでなく、彼は海底トンネルに反対する人々を英国の利益を損ねるとして非難していたし、英国の陸海軍の充実にも過剰な防衛政策でフランスとの信頼関係を損ねるとして反対していた。彼はトンネル建設に賛成し、それに伴う軍の拡大には反対することを主張する集会に他の多くの仲間と参加し、その運動を支持していた。彼はトンネルでフランスと結ばれることに利点しか見出していなかったのである。スミスはバターやベーコンなどの食品を取引して生計を立てている男で、自宅の調度品を自慢しているという、ありふれた中流階級の男である。その彼が今や下っ端のフランス軍兵士から虐げられている。

英仏海底トンネルは無事に開通し、多くの人に祝われた。一方でこれに反対していた知的な少数派の人々は、メディアなどから害虫、非愛国者などの誹りを受け、無力化されていった。開通に際して開かれたセレモニーは英仏両国の大臣が参加するなど大規模なものだった。在英フランス大使は、トンネルによって英仏は共通の利益を求め、理解し合う双子のようになり、その両国の姿は文明国の中でも最上のものと理解され、ゆくゆくは世界の規範となるだろうとスピーチした。英国から出発した最初の列車にはパリの貧民へのプレゼントが積まれ、トンネルは両国友好の象徴的存在と称えられた。このような、友好ムードのなか、フランスの裏切りを念頭にした自衛策は検討もされなかった。

ここで英国の外交関係の語りが始まる。英国はロシアと東方問題で軋轢が続いていて、そのロシアと三帝同盟を結んでいたドイツとオーストリアとも信頼関係がなかった。さらに、イタリアは強い国に追従するという態度を保っていたこともあって、フランスを除いて協力できる国が英国にはなかった。しかし、そのフランスともエジプトをめぐる立場の違いから軋轢を生む土台はあった。

そのようななか、一九〇〇年五月にトンネルのフランス側の出口、カレー付近でフランスは平時の軍事演習を行った。また、そのころ、ロンドン中のホテルが満員になるほどの多数のフランス人旅行客が大挙してやってきた。しかし、これらのことは、両国の友好ムードの高まりから全く危惧されなかった。

そして夜中、フランス人旅行者たちは一斉にドーバーへ向かい、それと同時にカレーからも武器を満載した列車がドーバーへ向かっていた。銃声が鳴り響くも最小限の警戒しかされず、少数の英国の警官や兵士がドーバーのトンネル口に派遣された。しかし、旅行者たちはすでに武装して塹壕を掘り、トンネルの包囲を済ませていた。また、カレーから供給される人員と物資により、時間が経つにつれ、彼らは強力になっていった。

トンネルの入口は、占領から六時間でフランスからの奪回が不可能となるだろうということが予想された。英国は攻撃するも、準備不足で戦力は低く、暗闇で塹壕や線路に隠れる敵相手になんら戦果を上げることは出来ず、さらには、ドーバーからロンドンまでの線路さえ敵に確保されてしまった。

トンネル開通のセレモニーでスピーチをしたフランス大使は、侵攻の直前にトンネルを経由して母国へ退避しており、他のフランス大使館職員も資料を持って脱出したことで、英国はフランスの動向を直接知る術を失っていた。

一方、スエズ運河を持つエジプトにフランス軍が上陸したとの情報が政府に入ったが、英国にはそれを防ぐ術がなかった。それというのは、フランス海軍は一八八二年から軍艦の建造を進め、それを本国に集結させておくことができたのに対し、英国海軍は世界中に散らばった領土を守る為、海軍力を散らばらせる必要があったからである。また、英仏の友好ムードが深まっていた頃、フランスは英国に中国の内乱について人道的な観点から中国内の非戦闘員の保護をして欲しいと要請し、英国は六隻の軍艦を中国に派遣していたから、英国海軍の力はより弱まっていたのだった。

さらに、スエズ運河を奪回するためには、集めることが出来る艦隊をエジプトに集結させる必要があったが、英国は本土の防衛を優先すべきだったので、ブリテン島の南に艦隊を集結させようとする。しかし、政府はフランス軍の動向について正確な情報を得ることが出来ず、艦隊を集結させる港について何度も変更を行った。これで時間を稼ぐことができたフランス軍はサウスエンド（Southend）に上陸し、一気にロンドンへ攻め入った。英国政府も急いで英国本土全域から兵士を集めるも、フランスを迎撃するための有効な作戦は持っていなかった。

百五十万もの陸軍力を有するフランスを英国は長年楽観視していたのである。四十万の兵士がトンネル経由で英国を攻め、他の四十万は港から侵攻し、十万はエジプトを攻めた。サウスエンドから上陸したフランス軍を英国はようやく集めた二十五万の兵士でロンドンの南東ギルフォード（Guilford）で迎え撃った。善戦はするも、英国軍は敵を食い止めることはできず、結局四十万ものフランス軍がロンドンを占領することとなった。また、ロンドン以外の戦略的に重要な場所もフランス軍に占領された。首都を陥落して勝利を確信したフランスはヨークに退避していた英国政府にエジプトと南インドの引き渡し、ドーバーにフランスの要塞を築く権利や巨額の賠償金などを停戦の条件として提示した。ここで物語の時間は作品冒頭の時間と一致する。英国政府が講和を保留する態度を続けていたなか、ロンドンでは無秩序なフランス軍による略奪など英国人にとって非常に屈辱的な服従が続く。

その後、戦局は急展開し、これまで劣勢に立たされていた英国軍だったが、エジプトで反撃を開始する。かろうじてスエズ運河の制海権を保っていた英国海軍はエジプトのアレクサンドリアでフランス艦隊を破り、フレデリック・ロバーツ将軍の指揮のもと英国陸軍もエジプトでフランス陸軍を破る。また、百二十万もの非正規の英国兵がヨークに集結し、そこから南への進軍を始める。また、エジプトで戦果をあげた英国海軍はすぐに英国本土へ向かい、そこでもフランス艦隊を破る。フランス陸軍を英国本土に閉じ込めることに成功し、数でも上回る英国陸軍は遂にロンドンに迫る。窮地にたったフランスは停戦の条件を変更する。それは、フランス軍が帰国することを妨害しないことで、それが拒否された場合、ロンドン市民を人質に最後まで戦うというものだった。英国内には戦争を継続すべきという強硬派も多くいたが、英国政府はロンドン市民の安全を優先し、フランス軍を無傷で解放する。彼らは無事に帰還し、英国はこの悲劇の元凶になったトンネルを破壊し、二度とトンネルは建設しないと誓い物語は終わる。

Ⅱ　敵意を隠すフランス

トンネル建設に反対する趣旨であるこの作品は、フランスが英国を狙って野心を満たそうとしていることを疑わない姿勢で描かれている。まず作品の冒頭箇所で、ある軍曹にすぎない男がフランス語訛りの強い英語で家主を脅迫している。

「ヨシ、……エイコクジン、ハヤクメシヲモッテコイ。マタ、ミズブロノヨロコビアジワワセルゾ。アア、ナンテコトダ。ドミノガタリナイゾ。ミツケテコイ。……ここで「エイコクジン」と言われている人物はフランスのホテルのウェイターではない。自宅にいる英国人の商店主なのだ。そして、話しているのは休暇で旅行にきたフランス人紳士ではない。彼はロンドンを陥落させたばかりの侵攻軍の軍曹なのである。

（'Now den, …… Inglisman, you be kvick and make ze dinner here, or I vill make you ze pleasure of anoder cold bath. And, sacré blue, find some odder domino' …… . The Englishman thus addressed was no waiter in a French hotel, but a British tradesman at home, and the speaker no French gentleman on a pleasure trip, but a sergeant belonging to an invading army that had just before triumphantly entered London. 7）

多くの読者と同じ中流の英国人が、自宅でその軍曹から召使以下の扱いを受けているという描写で、怒りや苛立ちを伴わせて読者を作品世界に引き込もうとしているようだ。また、「マタ、ミズブロノヨロコビ」との軍曹の言葉で、この英国人が作品の登場前にすでに暴行を受けていたことが推測でき、それは、この英国人の惨めな立場を強調している。そして、ロンドンが侵攻されたことが語られる。話者の口調からそれがフランス軍であることは明らかであるが、フランス軍とは言わず、「侵攻軍」という表現に止めている。ナレーターは、「フランスのホテルではなく」、そして、「フランス人紳士でもなく」と語ることから、フランスという言葉を繰り返さないために「侵攻軍」としているとも考えられるが、読者にフランスを十分に意識させたうえ、定冠詞ではなく、不定冠詞で「侵攻軍」（"an invading army"）と語ることで、読者に作者の意図する翻訳を促しているのでないだろうか。つまり、「フランス軍」とあえて書かないことで、読者に「侵攻軍」とはフランス軍のことであると自発的に悟らせることを促し、より効果的に、「フランス軍」と「侵攻軍」とのイメージの結びつきを強めることを狙う工夫がなされているとも解釈できるだろう。このように、ロンドンを占領したという結果を冒頭で描くことで、読者に作品内で英仏が戦争をするという展開を予測させることができる。先に英国の敗戦を見せておくことで、英国人の読者はそれに至る過程が悪いことの積み重ねであるとあらかじめ知ることができる。

作品は三人称で書かれているが、素性の明らかでないナレーターはフランスの意図や状況について確実な情報を語るのではなく、その視点を英国側に定めて語っており、海外の動向については曖昧な表現が多い。例えば、物語の始めのロンドンがフランスに占領されている場面のなかで、ナレーターはフランスの侵攻の意図について次のように仄めかす。

アルザスやロレーヌに駐留するドイツの大軍にやり返すことが望めないフランスが、冒険好きで野心家の権力者のもと、栄光や慰めを得るためによそに注意を向ける日が来るなどジョン・スミスは思いもよらなかった。

(John Smith had never foreseen that some day, under an adventurous and ambitious Frenchman, France, hopeless of ever beating back German legions from Alsace and Lorraine, might turn her attention to gaining laurels and consolation elsewhere. 14)

フランスが英国を侵攻しなければならない理由について、直接的ではないが、この箇所が唯一それに言及している。この引用から、フランスはドイツ以外で勝てる相手を探していたことが推測できる。フランスが「ドイツの大軍にやり返すことが望めない」という箇所から、これまでの一八七〇年代の侵攻小説作品のように、普仏戦争との関連付けが見られる。英国への侵攻は現実に起こった普仏戦争に起因するものであるとすることで、フィクションに現実の出来事を混ぜ、作品の真実味を増すことができる。このように、フランスは名誉回復のために戦争をしなければならない動機があることを知らせているのである。また、「いつか、冒険的で野心家の権力者のもと……」と語ることで、ナポレオン一世や一八五〇年代にその再来と恐れられたナポレオン三世を想起させる箇所ともいえる。英仏の外交関係にも悪い時期が来るかもしれないということも示唆しているこの箇所は、トンネルが存在すれば英国の安全は危険に晒される。つまり、トンネルの存在によって英国の安全はフランスという好戦的な国に依存することになると作者は主張しているのだ。

一九〇〇年六月に英国がフランスから侵攻されることが作品の冒頭で描かれていることはすでに述べたが、さらにフランスが危険な隣人であるという全体像を見せたうえで、次のようにフランス大使がトンネルの開通式でスピーチをする様子が描かれる。

……両国が交流するための設備の増加は、互いの幸せの増大である。今やフランスはその胸で英国をいつまでも愛情込めて抱擁するのである。

(…… any increase in the facilities of communication between the two nations was an augmentation of their mutual happiness…… France, today folds England to her heart in an eternal, loving embrace. 24)

ここで話される内容は「設備の増加」つまり、トンネルが設置されることによって両国は幸せになるということだが、特にフランスの愛情が強調されている。背景としては、トンネルの開通の翌月にフランスは侵攻を開始するので、この開通式のときにはすでに臨戦態勢に入っていたはずである。そのような状況で語られるこの大使の言葉は、英国を騙す目的で述べられたと解釈できる。つまり、フランス側には英国への侵攻の意図がありながらも、英国側からの反対はなく、不幸にもトンネルは完成していくという過程を読者に分かりやすく見せているのである。さらに、英国内の状況は、フランスが攻め込もうとしているなか、そのフランスに好意を寄せる言説が支配的になっていく。これも英国の読者にストレスを与える仕掛けとなるだろう。トンネル開通の翌日、フランスの新聞は英国が大陸の一部となったことを「フランス人は少し微笑んだ」(“The French smiled a little”, 24) とし、悪意からト

ンネルの開通を歓迎していることが仄めかされる。その一方、英国では

英国の新聞はこう言った。「イギリスとフランスは心通い合わせる姉妹のようである、両国は長い間、野蛮にも引き離されていたが、ようやく再び繋がることができたのである」

(The English papers, on the other hand, ... said 'England and France are in the position of two fond sisters, who having been for long years rudely separated, become once more reunited.' 25-6)

なる新聞記事が紹介されている。「心通い合わせる姉妹」という表現も前出の在英フランス大使と同じく英仏両国の愛情を強調している。さらには両国が「野蛮にも引き離されていた」ことが書かれており、これには離れていたこと、それ自体が悪いことであると読め、フランス大使のスピーチよりも強くトンネルを歓迎している様子が分かる。

作品中では他の架空の記事も紹介されているが、内容はおおよそ同じもので、トンネルの開通を祝っている。このような世論の紹介により、読者はナイーブさゆえに喜んで破滅に向かっていく英国の姿を見せられるわけである。そうやって作者は読者に苛立ちを与える工夫を行っているのだ。フランスの分かりやすい意図と、それに間抜けなほど気付かず信頼しきった英国民が悲惨な目に遭ってしまう、という構造でこの作品が書かれているのは明らかである。しかし、その単純さによって見えづらくなる作品の仕組みがある。それは、作品内で対比される建設賛成派と反対派の力関係である。

Ⅲ　賛成派と反対派の立場

まずトンネル建設の賛成派と反対派を語る表現を見たい。例えば、トンネルの開通式の日の反対派については次のように語られる。

賢明な少数派の英国人はお祭り騒ぎにあまり参加する気にならなかった。というのは、彼らは、とてつもなく大きな、そして修復不可能な失敗、それも、国に悲劇をもたらす大失策がなされようとしている、と憂慮したからだった。しかし、そのような心配をする彼らは嘲られたのだった。

（A minority of intelligent Englishmen were but little disposed to join in the hilarity, for they feared that a huge, irreparable blunder was being made, a blunder which would result in disaster to their country; but they were laughed to scorn. 19）

ここでナレーターは反対派を「賢明な少数派の英国人」と表現している。当然ナレーターは反対派を擁護する立場で書いているわけだから、反対派を「賢明」と持ち上げるのは理解出来る。また、トンネルの開通が「国に悲劇をもたらす大失策」と反対派が恐れていることは、作品内で起きる出来事で、反対派の予測に正当性を持たせている。しかし、反対派である彼らのことを「少数派」としていることは問題がある。現実の一八八〇年頃のメディアの論調は概ね中立と考えられたが、作品の出版当時の一八八二年では反対、もしくは疑問を唱える論調が海外のフランスで話題になるほど大きかったことが確認できる。（二四）さらに、この作品が発表された約半月後、三月六日にドーバーの高潮水域から三マイルを超える場所を掘削することはできないと英国商務省から「海峡トンネル会社」に通告が出された。これは、事実上のトンネル建設を中断する命令であった。このように賛成派がすでに劣勢にあったというのが作品出版当時の状況だろう（Longmate 29）。このことから、むしろ「知的な少数の人々」というのは現実世界では賛成派を指すものとさえ考えられる。また、作品の出版二ヶ月後に反対派の暴徒化した民衆がロンドンの「海峡トンネル会社」に投石した事件の報告があり、作者の「知的」という表現は皮肉な形で裏切られたともいえる。(二五)

さらに、反対派についての作品内でのメディアの評価が次のように書かれている。

「どの時代にも回虫はいるものであるから、今の時代だけそのような虫がいなくなるということは考えるだけ無駄である」とある新聞は意見を出した。また別の新聞は次のように述べた。「イギリスとフランスが永遠の友情という絆で結ばれることから開ける前途を喜べない者は、理性あるいは愛国心が欠如しているのだ」

（'There are mawworms in every age–we cannot expect to be free from them now,' wrote one paper. 'Those who fail to rejoice at the prospect which is opened by the establishment of the eternal bonds of friendship which must henceforth exist between England and France are either bereft of reason or patriotism,' said another journal. 19–20）

ナレーターは反対派を「知的」とする一方で作品内のメディアは彼らを「回虫」呼ばわりしている。「イギリスとフランスが永遠の友情という絆で結ばれる」とは英仏間のトンネルの設置に言及しているわけだが、このトンネルによる展望を喜べないものは「理性あるいは愛国心が欠如している」、と反対派を攻撃する内容の架空の記事を登場させている。しかし、上の引用で、反対派の彼らが非愛国的と罵られるというのは、現実ではむしろ賛成派が受けていた言葉とも考えられる。それは、例えば、この作品出版の同年同月、一八八二年二月に海峡トンネル会社のエドワード・ワトキンが著名人やジャーナリストを招いて建設中のトンネルに招待しているが、それを伝える新聞記事では、「非愛国的な南東鉄道会社の人間たちが我々の敵の利益のために建設を再開している通路がいかなるものか我々自身で目撃するために行った」（"We have come to see for ourselves what sort of a passage these unpatriotic people of the South-Eastern Railway Company are resuming to open up for the benefit of our enemies", "A Visit to the Channel Tunnel" *Bury Free Press 2*）、とトンネル建設会社の人間が非愛国者として謗られているのだ。

このようなことから現実の賛成派と反対派の力関係は作品内で逆転させられているとさえいえるだろう。しかし、仮に、作品内ですでに反対者が多数派を形成し賛成者が非難されているなか、トンネルが完成して英国に悲劇が訪れたという構成にするならば、読者の不満は世論を無視した政治家や、建設を進めた資本家へ向かいやすいと考えられる。この作品の目的は建設を進める特定の誰かを非難することではない。もしも、現実の力関係を踏襲すれば、作者の望まない読者の意識の誘導をしてしまうだろう。それを防ぐため、実際の賛成派と反対派の力関係を逆転させる必要性があったのだと考えられるのだ。しかも、作者の行う架空のメディア記事の引用は皮肉が効いており、現実と錯覚してしまうほどの生々しい魅力がある。そこに未来の歴史物語という現実とフィクションの境界を曖昧にする侵攻小説の力があるのかもしれない。ところで、このように当時の世論を改変して描かなくともトンネル建設はやめるべきだとの主張をすることは可能である。それでも作者は作品の現実味を損なうリスクを負ってまで改変するわけである。これについての合理的な理由について考えたい。

Ⅳ　責任を負わされる民衆

この作品が非難の対象にしているのは、ジョン・スミスのような、どこにでもいる一般の建設賛成派の人々である。作品冒頭でこのスミスが占領軍の軍曹から自宅でひどい扱いを受けている描写がされているが、ナレーターは彼の境遇について 次のように語る。

結局のところ、彼のようなケースは珍しいものではなかった。ジョン・スミスが今嘆いているこの現実が実現することに、一部の人を除けば、彼は皆と同じように、その一翼を担ったのである。このことから、正直にいうならば彼はもっとひどい仕打ちを受けても当然だったといえる。

(But after all his was not a specially hard case; it must be confessed he deserved more. For John Smith had contributed as much as anybody, or more than some people, to the very state of things which he now deplored. 12)

彼がフランス人から受ける待遇について「彼もっとひどい仕打ちを受けても当然だった」と喝破している。また、その理由は彼が「この現実の実現に……一翼を担った」からだとしているのだ。つまり、これは英国の悲劇の責任は彼にもあるとの語りである。ジョン・スミスという、いうなれば山田太郎のようなありふれた名前を選んだ作者の意図は、スミスの存在を賛成派の誰でも良い単なる一例としてミクロ的に読者に見せることであろう。スミスが「皆と同じように」との箇所は、彼が賛成派の一例であることを示すし、他の箇所では「ジョン・スミスは単数ではなかった」("John Smith was not singular." 13) と、もっと直接的に彼が一例であることを語る。つまり、スミスは賛成派の具体的かつ抽象的な人物として存在しているのである。

他の多くの人たちと同様に彼もまた盲目ではなかった。彼はもっと状況が分かったはずである。しかし、彼は多くの友人と同様に理性的に考えることを選ばなかった。したがって、嵐が到来したことは彼にとって青天の霹靂だった。そして異邦人の勝利は完全なものとなったのだ。

(But John Smith had been no blinder than many others. He might have known better; but he, with many of his friends, preferred not to be reasonably led, and when the storm burst he was consequently thunderstruck. The triumph of the alien had been complete. 15)

ナレーターはスミスについて「他の多くの人たちと同様に彼もまた盲目ではなかった」と語る。ただスミスの失敗は彼が彼の周囲の人たちと同じく「理性的に考えることを選ばなかった」からであると言うのだ。そして、その結果、「異邦人の勝利は完全なるものとなった」のである。このように、彼らの過ちを「異邦人」すなわちフランス軍の勝利と直接結びつける語りは、英国の悲劇がスミス並びに彼のような建設賛成派の一般人全体の責任であるとの主張に他ならない。

反対派が少数派と言われている上述の箇所の他にも、「それゆえ、少数派は抗議することが不毛であると悟った」（"So that the minority found it useless to protest", 20）、あるいは「世論は彼らに敵対していたため、彼らは沈黙へと逃げざるを得なかった」（"Public opinion was against them; they had to seek refuge in silence", 28）などの語りがある。これらは反対派、即ち正しいことを主張する人たちが劣勢であることを強調する。一方で悪は強大に描かれる。悪が強大であれば強大であるほど倒すべき必然性は高まるし、倒す側の善は数で劣るため助力が必要であると読者に訴えることができる。さらには善である反対派が非難を浴びせられ、誹りを受けるという描写で、その印象は強化されるだろう。正しき者が悪い者に数で圧倒され蹂躙されているという状況はある意味では魅力的である。これは、善の側に立ちたいというのが多くの読者の心理であり、そのような状況は善の側に立てるチャンスでもあるからだ。そして、そのチャンスをつかむ方法は必然的に反対派を支持するという行動になるのである。

このように作品における世論のすり替えの理由を推論すれば、作者はトンネル建設賛成派という対抗勢力をより大きく見せる方法こそ効果的に読者に訴えかけることができると考えたのだと理解できる。賛成派が劣勢という描写では反対派の支持を増やすことの必然性が弱まるのだ。一方では、作者がこの作品を書いていた当時は「海峡トンネル危機」が始まる前、あるいは、始まった直後で実際に劣勢だったとも考えられる。大事なことは、賛成派が強いという状況であればこそ、この作品を刊行する意義は高まるのだ。作品中の正しき反対者たちは、その勢力の小ささゆえに「抗議することが不毛であることを悟った」という語り、そして、「沈黙へと逃げざるを得なかった」という語りから、彼らが助力を必要としていることは明らかだ。その助力は賛成派に「抗議する」ことであり、「沈黙」を翻し、主張することでもあるわけだから、作者は読者へトンネル建設賛成派に対し、反対を唱えるように主張しているといえる。そして、その賛成派というのは、作品内での批判の対象がワトキンや政治家など、建設の実行に関わる人たちに向けられていないことから、読者の身近にいる一般人であると考えられる。つまり、一般人が他の一般人に訴えかけるという草の根的なトンネル建設の反対運動をこの作品は勧めていると考えられるのである。

おわりに

この作品も一八七六年の『海峡トンネル、つまり英国の破滅』と同じように、外国人旅行者が主体となりドーバー側のトンネルの入口を占領するという方法で敵の侵攻が始まる。このようなプロットは英国内の外国人への嫌悪感を増長するという負の側面もある。一八七〇年代の侵攻小説作品においては、敵国の政府や指導者を悪役にすることはあっても、敵軍の兵士を積極的には悪く描かなかった。それは、国内防衛の改善を訴えることが作品の主眼であり、侵攻してくる敵軍はそのためのデバイスに過ぎないからだ。それゆえ、読者の怒りの矛先が向かってしまう外国人への憎悪を喚起する表現は最小限とされていた。しかし、この作品はそれらとは違う。冒頭で暴力的で粗野なフランス人兵士たちが描かれたのはすでに述べたが、ロンドンを占領したフランス軍について、そこでの「（彼ら）は好き放題にやった」（"［They］did pretty much as they pleased" 91）、と語られる。それは、例えばスミスの近隣の人たちが「無法者の侵入者によって彼らの妻や娘が陵辱された」（"their wives and daughters［were］insulted...... by the ruffianly invaders" 11）ということや、「彼ら（ロンドン市民）は自分たちの教会がバラックや家畜小屋にされるのを恐怖しながらただ見ていた。そして懇願することは無駄で、彼らの訴えは（フランス人に）嘲笑された」（"They［the Londoners］simply viewed with horror the turning of their churches into barracks and stables, and in vain implored ......, and the request was laughed to scorn［by the French］" 93-94）などの語りから、フランス軍が非道な者たちとして描かれ、フランス人が憎たらしく描かれている。しかも、英国側に多くの犠牲者を出したフランスの失敗した侵攻であるが、これらの損害を出したフランス側は罪に問われずに済む。彼らは無傷で祖国に返ることが許されただけでなく、賠償金の支払いすらも免除される。つまり、作者は読者が当然抱くであろうこの侵攻者に対する怒りを報復という形では解消させないのだ。様々な箇所で読者の怒りを喚起し続けて、その怒りを和らげさせる箇所は無機質な海底トンネルの破壊という描写に限っている。

この作品は一八八二年の侵攻小説作品としては最も話題になった作品であり、「多少のセンセーションを巻き起こした」（"caused a minor sensation", Clarke *Voice Prophesying War* 98）といわれるのは、作者がトンネル建設反対派を応援するように読者に上手に訴えたことがその理由の一つだろう。現実の情勢とはそぐわない英仏の総力戦を描きながらも、読者の意識を英国の悲劇に釘付けにするため、さまざまな手法を駆使している。それには、スミスのような中流の英国人が侵攻軍に蹂躙される姿をミクロ的に描くことを手始めに、ロンドンがフランスに占領されている状況を描くことで、フランスがどうしても英国に侵攻したいと願っているとの物語展開が無理なく進められている。さらには、愚かな大衆がそのナイーブさから狡猾なフランスの餌食となっていくという分かりやすい構成のストーリーが提示されることで、建設を推進する上流階級の人々ではなく、一般のどこにでもいる人々こそが考えを改めるべきとの主張が無理なく行われている。そして破滅に向かう英国の姿を見せることで、読者にそれを食い止める使命感を与えようと試みるのである。このような、読者誘導の手法が成功したのには、読者にナレーターと共に正義の側に立っているという感覚を持たせ、その正義が理不尽な悪に蹂躙される様子を描くことが功を奏したからであろう。これには、作者の描写力や展開の良さといった才能もさることながら、侵攻小説のプロパガンダ的手法を上手く使った結果ともいえる。

どのような人物が著者であれ、トンネル建設がもたらすジョン・ブルの、つまり、英国の悲劇を読者へありありと見せ、為政者ではなく普通の英国人に考えを変えるべきとの目標を立てるこの作品の手法は、「プロパガンダを効果的にするには理解できて実行できるものであるべき」("Propaganda, to be effective, must be seen ..... understood. and acted upon". Jowett and O'Dnnell 4)、という基本を丁寧に踏まえたもので、同年代の他の作品に比べて十分話題になった作品であるのは理解できるし、侵攻小説の視点からだけでなく、「海峡トンネル危機」そのものを論じるうえでも重要な作品であることは間違いない。

第七章　「海峡トンネルの話」（"The Story of the Channel Tunnel"）

はじめに

「海峡トンネルの話」は一八八二年の『マクミラン』誌（*McMillan's Magazine*）三月号に掲載された作品で、『いかにジョン・ブルはロンドンを失ったか』の発表翌月に出た。「ドーキングの戦い」、『五十年が過ぎ』では主人公のナレーターが孫に語るという設定であったが、この作品ではそれらとは反対に孫が語るという試みがなされている。後の世代の視点から語るというのはトンネルの建設という重大な判断を現世代の利益から判断すべきではないとの作者の主張が込められているのだろう。「水深百フィートにあるドーバー海峡の海底には巨大な遺構が眠っている。それは、英国のこれまでの全ての歴史において最も大きな間違いであった」（"A hundred feet below the bed of the Channel lies the gigantic ruin …… of the greatest mistake of which a record can be found in the whole history of our nation" 499）、というこの作品の書き出しは、ここで「巨大な遺構」「全ての歴史」という大きな表現とともに、英仏の海峡トンネル建設が「最も大きな間違い」だったと喝破している。それは、まだ建設も終わっていない出版当時では不可能な、後の世代にならなければできない評価であり、作者は侵攻小説というこの未来の歴史物語でこそ出来る後世の評価の先取りをしている。

これまでみたように、現世代の間違った判断を後の世代が後悔するという立ち位置にいるナレーターや登場人物は侵攻小説でよく登場する。例えば「ドーキングの戦い」では英国人であるナレーターが若いころに自国の没落に加担してしまったため、自身が老人となった今、「この偉大な英国の転落が起こった頃にいた若者の一人だったことを思うと、私は今の若者の顔を真っ直ぐに見ることができないのだ」("I can hardly look a young man in the face when I think I am one of those in whose youth happened this degradation of Old England", Chesney "The Battle of Dorking" 539)、と語るのである。この「海峡トンネルの話」は、侵攻軍を退け、英国自体には損害がなかったためにナレーターに大きな後悔はないが、もし、侵攻が成功していたらと前置きし、「……この争いの結果はいかなるものであったかということは、熟考するのに楽しいものではない」("…… what the result of such a struggle might have been, it is not pleasant to contemplate", 499)、と述べる。これは、侵攻軍との戦争は想像したくもない結果、つまり、凄惨な結果となっていたに違いないという意味の語りである。「ドーキングの戦い」では、悲劇が起きて残念だったとしている一方、「海峡トンネルの話」では、危うかったが起きなかったので助かったと言っているわけである。一見すると逆のことを言っているようであるが、どちらも未来から振り返り作品出版当時の英国は危機的状況だったと、現実の読者に警鐘を鳴らしているという点では同じことである。それゆえ、ナレーターの立ち位置という点において「海峡トンネルの話」が特別ということはいえない。

この作品は侵攻小説作品であるにも関わらず、侵攻自体は水際で防げたため起こっていない。その代わり、多くの部分がトンネル建設賛成派への批判に費やされている。このことから、特に「海峡トンネル危機」における当時の世相を反映した建設反対プロパガンダの良き一例であると考えられる。ここでは、この作品がいかにフィクションという手段を使ってトンネル建設賛成派を攻撃していくかを考察し、侵攻小説における「海底トンネル危機」への取り組みの一面を論じることで、根付いたばかりの侵攻小説の姿を見ていきたい。

I　作品のプロットについて

作品のあらすじは、次のようである。まず冒頭では巨大な遺構となった海底トンネルが現れ、英国の危機を救ったジョージ・ウォルシュ（George Walsh）という人物の名前を冠した建物がナレーターのいる時代にも存在するということが語られる。そして、トンネル建設が実行されていく過程がその賛成派の主張と反対派の主張を織り交ぜ語られる。英国人であるこの語り手の立場は特段明らかにされない。分かっていることは、一八八二年当時の人々から見て孫の世代に当たる人物であるということである。

賛成派は、トンネルによってフランスとの連携が高まり、経済面の恩恵は大きいと主張していた。また、英仏を往来する旅行者の負担軽減にもつながるとしていた。一方で反対派はフランスとの連携は今のままでも十分に取れると主張し、トンネルでの移動はその内部の汚れた空気のせいで船旅よりも健康に悪いと唱えた。一八八〇年にエドワード・ワトキンが海峡トンネル会社の社長に就任してから本格的な掘削工事が始まり、建設の現実味は一気に増した。当然ながら彼が賛成派の代表的人物であった。建設に反対する動きもあり、それは主に防衛上の問題に敏感な軍人たちからであったが民衆は侵攻されるかもしれないという危険性には無関心だった。反対を唱えていた軍人の中ではウォールズリー将軍が最も影響力があった。

議論はトンネル建設に有利に進み、国民全体としてはこの計画について無関心であったため、建設の中止に至ることはなかった。海峡トンネル会社はトンネルを完成させる許可を議会から得ると凄まじいスピードで建設を進め、一八八五年七月には二つの線路、換気システム、壮麗な駅などのすべての設備を完成させた。

　一八八五年七月一八日に盛大な開通式が開かれ、ここまでは海峡トンネル会社の思惑通りにことが運んでいた。トンネルで繋がった両国の国民感情は良好になっていったが、それと相反して政治的な緊張は高まりつつあった。それは、貿易に関する不満であったり、エジプトやアジアに関する対応をめぐる外交上の軋轢などであった。

　トンネルが両国の旅行者によって頻繁に利用されることは期待されていたが、開通から初めの数日間が経過すると英国人旅行者はフランス人とは違いトンネルを好んで使わなくなっていった。英国人にとっては汚れた空気を吸うよりも船酔いを経験する方がましだったのである。結局、開通から一八八七年のトンネルの崩壊まで、英国の「海峡トンネル会社」は利益を上げることができなかった。

　一八八七年の初頭に英仏の衝突は避けられない状況となる事件が起こった。五月一一日、パリで在仏英国人に対する暴動が起こったのである。すると秘密裏にフランスはフランス側のトンネルの入り口があるカレーから三十キロメートルほど離れた場所のアルドル（Ardres）でフランス軍を集める。戦争の開始を予期した在英フランス人たちは帰国を始め、その内、英国からトンネルで帰国した男たちはカレー付近に留まり、彼らにも武器が供給されフランス軍は侵攻の準備を整えていった。

　六月一九日の夜、日曜日で警備が手薄になっていたドーバーのトンネルの駅は帰国する旅行客を装った八十数人のフランス人によって襲撃され占拠された。その頃フランスからは四千人の兵士が四つの列車に分けて乗車しドーバーへ向かっていた。そして、二万人の兵士がそのあとに続く計画だった。さらに、ドーバーに到着した四千人のフランス軍兵士は入り口に設けられた要塞を占領する任務にあたり、この段階で、英国軍はトンネルの奪回や破壊は難しくなることから、フランス軍は本格的にトンネル経由で侵攻できるようになるという計画だった。

　ここでようやく主人公のウォルシュが登場する。彼はドーバーの駅が旅行者によって奪われた時、たまたま駅に停車していた列車の運転手だった。彼は駅員たちが襲撃されるのを目撃するやいなや、急いで列車を出発させた。フランスはこの時間にドーバーから列車が出ることを予期していなかったため、二つあった線路の両方を使って兵士を輸送していた。ドーバー駅のフランス人たちはウォルシュの列車を停止させようとしたが、誰も彼の列車に追いつけなかった。その彼らの必死な様子を見て、ウォルシュは別の列車がこの線路の向こうから来ていることを確信して列車を出来るだけ加速させたうえ、そこから飛び降りた。

先頭を走る列車に乗っていたフランス軍兵士たちは、ドーバーからの列車とすれ違い、自分たちの作戦の失敗を悟った。別の線路の後続の列車は自分たちに向かう列車の存在に衝突寸前に気付くも、事故は避けられなかった。二つの列車は正面衝突し、脱線してフランスから送られた残りの列車はすべて相次いで事故を起こした。そして、トンネルは通行できなくなるとともに、この衝突の衝撃と火災で多くの兵士が死亡した。

唯一到着することができた列車に乗っていたフランス軍司令官は直ちに駅員を解放し、自分たちも武装解除した。また、ドーバーの英国軍にこのことを報告するように指示し、また、部下にはトンネル内の負傷者の救出に向かわせた。

トンネル内ではウォルシュが最初に救出された。彼は全快し多額のお金を国から与えられ、ナイトに列せられた。彼と彼の家族は政府から十分な恩給を受け取ることになって、彼が一九〇七年に死亡した後は、彼の功績を記念した壮麗な建物が建てられた。

未遂に終わったフランス軍の侵攻の翌日は、英国中が恐怖と喜びで満たされた。フランスに提示された講和条約の一つはトンネルの破壊だった。ワトキンはこのトンネル破壊に対して賠償金を求めたが、当然、議会と国民は一致してそれを拒否した。ワトキンの会社は利益のために国の名誉と安全を脅かしたわけであるから保証は受けられなかったのである。

Ⅱ　登場回数の少ない作品のヒーロー

この作品の初めの段落では、海底で巨大な遺構となった海峡トンネルが描かれ、そのトンネルの入口があった場所について、「海峡トンネルがあった場所は現代でもはっきり分かる。祖国の救世主であるジョージ・ウォルシュの立派な記念館がドーバー側にあり、フランスの海底鉄道の終点側には有名なジャルダン海底駅があるのである」("The position of the Channel Tunnel is clearly defined to the present generation by the noble memorial buildings to George Walsh, the saviour of his country, at Dover, and by the well known Jardin Sousmarin at the French end of the subway." 499）と語られ、その後は、トンネルが建設される経緯についての話が始まる。上記の引用では「祖国の救世主」としてウォルシュが称えられていることが読み取れる。「ジャルダン海底駅」というのは架空のフランス、カレー側のトンネルの駅である。「有名な」という形容は読者を作品の世界へ引き込むための仕掛けであろう。また、「今となっては歴史の一幕に過ぎない。しかし、ヴィクトリア女王のもっとも慎ましい一人の臣民の冷静さと勇気がなければ、我々は生存を賭けた戦いを強いられることとなっていたのだ」("…… and yet it is now a matter of history that but for the coolness and bravery of one of the humblest subjects of Queen Victoria, we should have been compelled to struggle for existence." 499）、と語られる時の「女王のもっとも慎ましき臣民の一人」とはウォルシュのことであり、彼がいなければ英国は「生存を賭けた戦い」をしなければならなかったことが、この引用から読み取れる。つまり、彼が英国を悲劇から救ったことが語られるわけであるが、いかに救ったかはまだ語られない。作品の初めに、ウォルシュという架空の人物が英国の救世主であることが繰り返し述べられていることから、英国の読者は彼が主人公であると期待するはずである。しかし、その彼が登場するのは物語の三分の二が過ぎた辺りからで、また、その役割は勇敢で機転が効いているが、列車を走らせるだけである。作品の主人公と考えられる彼であるが、彼が英国人運転士であるということ以外、素性は語られないし、彼の人物像に迫る描写などもない。この出番の少なさは不自然でさえある。冒頭でウォルシュなる人物に焦点を当てず、むしろ、無名の運転士に英国が救われたとする方が作品全体としては自然な物語展開ではないだろうか。この不自然さはこの作品の特徴的な点をなすものであるため、彼の存在を作品の主張という点から見ていきたい。

　ウォルシュは、ただの列車の運転士であり、その人物がフランス軍の侵攻の重要な地点にたまたま居合わせたわけである。そのような人物に英国を救わせることで、英国は偶然危機を回避できたというプロットを成り立たせることができる。これはウォルシュの存在意義の一つと考えられる。しかし、それだけでは次の箇所、「彼は英国から五万ポンドものお金が与えられ、政府は彼と彼の家族に無期限に年五千ポンドの恩給を給付した。そして、この厚い待遇に加え、彼にはナイトの称号が与えられたのだった」（“He received a present of 50,000l. from the nation, and Parliament granted him and his family in perpetuity a pension of 5,000l. a year; in addition to which solid advantages he received the honour of knighthood” 504）、に見られるように、彼が英国から多額の報奨金や恩給を受け、しかも彼の一家にも恩給が無期限に与えられ、さらに「ナイトの称号」まで与えられているという厚遇される説明は不要ではないだろうか。ウォルシュが侵攻を食い止めるためだけに存在するのならば、このように彼を持ち上げる話をわざわざ盛り込む必要はない。また、彼を無名の運転士としてトンネル内で死なせていても、トンネルが国防の致命的な欠陥であるという作品のプロットは成り立つはずである。それでも、彼を英雄にしなければならない理由がある。それは、彼の功績に報いれば報いるほど、その侵攻の原因を作った側が相対的に悪く映るということであろう。それで、その悪役を間接的に非難することができる。別の角度から見れば、ウォルシュは単なる悪の引き立て役に過ぎないと読め、本当の主役ではないともいえる。それゆえ、作品の冒頭から、主人公としての活躍を期待させる描写がされながらも、ほとんど登場することはなく、物語の中心に据えられない意味も理解できるように思われる。

さらに、この作品には一見不自然な主人公の登場という設定以外にも独特な工夫がなされている。まず作品の悪役を見ていきたい。作中で悪役であるとまず考えられるのは侵攻を試みたフランス軍と海底トンネルを建設した人たちである。しかし、この作品では侵攻を企てたフランスを特に悪役としては描いていない。例えば、フランスが英国との戦争へ傾斜していく状況については、次のように説明される。

……両国の政治的関係はどこか緊迫したものとなった……一八八七年の始めになると、何か予想外のことでも起こらない限りイギリスとフランスの衝突は避けられないことが明白となった。
(…… political relations between the two countries had become somewhat strained …… . At the beginning of 1887 it was evident that unless something unforeseen took place, a rupture between England and France was inevitable. 500–1)

ここから読み取れるのは、開戦に至るのには英仏のどちらかに非があったからとは説明されていないということである。当然、フランスが自国の野心を満たす手段として英国に攻め入ったという描かれ方もされていない。国際紛争を解決する手段として、奇襲ではあるが、英国へ攻め入ろうとしたフランス軍という描かれ方なのである。

また、英国への侵攻を実行するため旅行者に扮したフランス人たちが駅を占領する描写「……たちまち、その施設にいた全ての英国人は捕らえられ、猿ぐつわをはめられて束縛された。このようにして、英国側の海峡トンネルは敵の手に落ちたのである」(“…… in an instant every Englishman on the premises …… , was seized, gagged and bound: the English end of the Channel Tunnel thus falling into the hands of an enemy” 502）、では、フランス人たちは英国人たちに対し必要最小限の暴力で済ましている。フランスは誰の血も流さずドーバーのトンネル駅を手に入れるのである。作品の他の箇所でも英国人を無用に暴行したり、殺害したりする描写などはない。そして、最終的に、侵攻に失敗したことを悟ったフランス軍司令官は、次のように描かれている。

彼は鉄道の職員を解放し、職員のうち数人を事の顛末を知らせるためにドーバーの守備隊の司令官のもとへやった……そして、一部の部下にはトンネル内に行くよう命じた……これは不運な人たちを助けるためだった……最初にトンネルから救助された生存者は勇敢なジョージ・ウォルシュ だった。

(He liberated the railway officials, and sent some of them to the commandant of the Dover garrison to inform him of what had taken place ..... and ordered some of them to proceed down the Tunnel, ... to render what help they could to the unfortunate fellows .... The first living man brought out of the Tunnel was brave George Walsh. 504)

物語のこの段階で、フランス軍は武装して千人もいる大隊であるわけだから、抵抗して援軍が来るまでの時間稼ぎをすることができたかもしれないが、速やかに投降し、また、自暴自棄になることもなく、恐らくは無傷で駅員を解放している。しかも、フランス軍の計画をダメにしたもっとも憎むべきウォルシュに関しては、報復しないばかりか、仲間の兵士よりも先に救出している。奇襲攻撃という手段で侵攻しようとしたことを除けば、彼らは紳士的といっていいほどの描かれ方がなされているのである。これらのことから、この作者はフランスへの憎しみを喚起させる表現を避けているといえる。侵攻する存在は必要であるものの、それに読者の感情を持って行かれないようにしている。責めるべき相手を英国外に置かない方が、トンネル建設に反対する作者の主張を効果的に伝えやすい。そして、ウォルシュを引き立て役として使うことで非難すべき悪役が、フランスではなくトンネル建設の推進派に定められることになるのである。

Ⅲ　敵国ではなく英国内に存在する悪役

まず、作者がトンネル建設の賛成派をどのように描いているか見ていきたい。作品の冒頭でナレーターはトンネルが建設されたことについて、「自然が英国とその敵の間に設けた侵入できない防壁を、いかようにして少数の出資者たちの強欲さで破壊することができたかは、現代では理解し難い」（"At the distance of time it is difficult to realise how the cupidity of a small body of financiers can ...... destroy the impassable barrier which Nature had placed between England and her enemies" 499）、と述べている。このナレーターが具体的にいつの時代から語っているかは分からないが、「理解し難い」との箇所は当時の英国の政策を決定するプロセスに重大な欠陥があることを遠回しに語っている。ここで語られる「防壁」というのはドーバー海峡のことである。そして「少数の出資者たちの強欲さ」が、「自然」と対比され、それは低俗さと高尚さとの対比に置き換えて読むこともできるだろう。つまり、低俗なものが、高尚なものを野蛮にも壊したと避難していると理解できるのである。さらにもう少し読んでいくと、「海底トンネルの建設については一握りの資本家たちによって牛耳られたのであった」（"The construction of a submarine roadway, ... was ...... taken in hand by a company of capitalists" 499）なる表現で、建設の推進者が集合的に語られている。「一握りの資本家たち」という表現は上述の「少数の出資者たち」を言い換えたものである。ところが、このような集合的な表現は、「控えめに言っても、この紳士の驚くべき情熱がなければトンネルが建設されることはなかった」（"it may be safely asserted that but for the tremendous energy of this gentleman [Sir Edward Watkin], the tunnel would not have been constructed" 499）、という表現からワトキン個人に置き換えられていく。「トンネルが建設されることはなかった」というのは、換言すれば、英国が危機を迎えることはなかったということだ。そして、その原因となったのは、「この紳士の驚くべき情熱」と語られることから、作者の非難の対象がより明確となる。さらに、

> ……それは海底鉄道会社、というよりはその代表者エドワード・ワトキン卿の行動力と決断力によるものだった。……彼らは（トンネル）工事を完成させる政府の許可を得ることができたのである。
> (…… such was the energy and determination of the Submarine Railway Company, or rather of its chairman, Sir Edward Watkin, that …… they were enabled to secure parliamentary rights for the completion of the work [the tunnel]. 500)

なる箇所で、トンネル建設の許可がようやく下りるわけだが、その功労者に「海底鉄道会社、というよりはその代表者エドワード・ワトキン卿」と書いてあるのは、会社がワトキンの強いリーダーシップで動いていることを示すし、海底鉄道会社の行動をワトキン個人の行動と置き換えて考えることができることをも示す箇所である。このことからも、トンネル建設に反対する作者の批判は特にワトキンという実在の人物に絞っていることがわかる。次に、作者は作中でいかにワトキンを批判するか見ていきたい。

Ⅳ　資本家ワトキンへの個人攻撃

ワトキンが主導するトンネル建設は、「政府からの認可が降りるや否や、工事は猛烈な勢いで進められ。工事の進展は非常に早かった」（"As soon as the consent of Parliament had been obtained, the work was pushed on with great vigour and ..... progress was very rapid" 500）、と精力的に進められていることが描かれる。「猛烈な勢いで」工事を進めることが語られるこの箇所は、彼が強欲であるという性格付けで描かれている訳であるから、彼の金銭的な欲深さとトンネル開通への情熱は強く関連付けられていることが分かる。しかしながら、「経営者たちの見通しは暗かった。出資者への配当金は一度も支払われることがなかったのである」（"the prospects of the proprietors were far from brilliant ..... no dividend was paid to the shareholders" 501）という箇所で明らかになるのは、「猛烈な勢い」で進めたにもかかわらず、肝心のトンネルは収益を上げることができなかった、ということである。フランス軍の侵攻を水際で止めるというこの作品のプロットはトンネルが黒字でも成り立つわけであるから、この経営の失敗というくだりは必然性がないのではないだろうかとも考えられる。しかし、この話を入れることで、トンネル建設の一番の利点であるはずの経済的なメリットを崩すことができ、さらにはワトキンが強欲というだけでなく、経営者としても失格であるという情報も加えることができるのである。つまり、このように強い方法でワトキンが失敗者であるという設定にするのである。さらに、物語の顛末は、英仏の合意でトンネルが破壊された時、「なんと、ワトキンの会社は賠償を要求したのである。これについては、英国民の総意で政府は拒否した」（"[Watkin's company] actually demanded compensation, which Parliament, with the full approval of the nation refused to give" 504）、とあり、ワトキンの会社がトンネルの存在ゆえにフランスから侵攻されかけたという状況だったにも関わらず、トンネルを破壊した英国政府に賠償を求めたと述べられている。「賠償を要求した」というこの文章から、彼は強欲なうえに厚顔無恥ということになり、さらに、それが「拒否」されたということで、彼へのマイナスのイメージを決定的にしている。その拒絶について「英国民の総意」があったということから、彼にはもはや国内に味方がいないということが読み取れる。つまり、彼を徹底的な悪役として、また、最後には徹底的に負かせているのだ。

トンネル建設の代表的人物であるワトキンをこのように描くことで、彼が主導するトンネル計画そのものも陳腐なものとして印象付ける作品の意図は理解できるし、読み物としてもワトキンという悪役が惨めに敗北していく姿は痛快で、特に反対派の読者は溜飲を下げることだろう。しかし、ワトキンは実在の人物である。この作品のように実在の人物を徹底的に貶めることをどのように正当化できるだろうか。そもそも一八八二年の「海峡トンネル危機」はトンネル建設を発端とした賛成派と反対派の争いである。そこで作品内、また、現実にも唱えられた賛否両論を比較することで、なぜ作者がこれほどまでに痛烈な攻撃をするのか、その理由を探りたい。

V トンネル建設における議論

現実の議論をもとにした作品内での賛成意見は次のようにまとめられている。それは、トンネル建設による経済的なメリットが英仏双方にあるということ。すでに英仏両国の重要人物がトンネル建設に賛成を表明しているということ。トンネルが建設されなくとも英国へ侵攻する手段はいくらでも存在し、トンネルの建設はそれが一つ増えるだけであるから騒ぐほどのことはないというもの。さらに、トンネルを使った侵攻の欠点も挙げられている。それは、トンネルから出てくる敵を攻撃するのは容易いし、そもそも換気の機械を止めるだけでトンネル内部にいる敵を簡単に窒息させることができるということなどから、トンネルは優先的に使われる侵攻の経路とはなり得ないというものである。

また、反対派の論点は、例え少人数であっても奇襲により一時的にトンネルの入口を占拠することはできるし、その間に大隊を侵入させることも可能になるというもの。また、もしも英仏の戦争があり、英国が負けるということがあるなら、フランスは停戦の条件として英国側のトンネル口にフランス軍を駐留させることを求めることが考えられ、そうなれば、英国はフランスの支配下に置かれるも同然の状態になってしまうというもの。また、トンネル内で敵を窒息させるという考えは、換気の機械の故障により、民間人が犠牲になるかもしれないという可能性もあることから、平和的な利用も危険であるというものである。

ここでは、まず賛成派の意見が紹介され、それに反対派が反論するという形が取られている。例えば、トンネルを使った侵攻の危険性についての議論は、次のような賛否両論が繰り返されるのである。

エドワード卿は次のように主張する。……フランスへの新たな道が開けたがすでにたくさんの道があることから、この新たな道はそれらに加わるということに過ぎない。トンネル建設については軍事評論家たちも二つ返事で賛同したはずなのに、彼らは急襲によってトンネルの入り口が奪われる可能性について議論を展開しだした。

(Sir Edward claimed that …… a new road would also be opened into France, but where so many already existed that could not count for much …… . This was readily agreed to by the military critics, who, however, …… put forth the argument that our end might be seized by a coup de main. 500)

ここでは、侵攻についての賛成派ワトキンの懸念はトンネルの有無で高まるものではないとの考えが紹介され、それに対してフランス軍による奇襲の可能性を軍事評論家が指摘しているという構図である。特に、反対派が賛成派の意見をいったん受け止めたうえ、「しかし」と切り返す語り口は、あたかも賛成派が始めた議論のようで、しかもその賛成派が反論されたままにされている印象を残す。しかし、現実には防衛上の問題を初めに提起したのは反対派であった。それに対して、例えば、賛成派の代表者の一人ジョン・ホークショー（John Hawkshaw）は一八八二年にトンネルの国防上の問題点について尋ねられた時、「反対意見として軍事的な問題点が指摘されるというのは聞いたことがない」（“I have never heard …… the military question raised as an objection”, Hadfield-Amkhan 74）、と答えており、また、ワトキン自身もホークショーと同時期に「百万人に一人としてトンネルを設置することの危険性について考える者はいないと思っている」（“There is not a man in a million, I believe, who entertains those ideas about the danger of having a Tunnel”, Hadfield-Amkhan 74）、と語っていることから、まず、反対派が危険性を唱え、それに賛成派が反論したというのが現実の順序であろう。このように作品内では逆の順序で語られることの理由として考えられるのは、賛成派の意見を反論されたままにしておくことで、反対派の意見をより有利に見せる工夫がなされているということである。

反対派の意見を有利に見せる仕掛けは他の箇所にも認められる。例えば、ナレーターは賛否両論を紹介する前に、トンネル計画が「馬鹿げて危険な計画」（“stupendous and dangerous scheme”, 499）であると前置きすることで、作者の考えを挿入している。他には、反対派の代表格ウォールズリー将軍の名前が挙げられ、「反対派のもっとも強力で著名な人物は、ガーネット・ウォールズリー卿であった。そして、数年後、実際に起こったことが実現する可能性を指摘した人物こそ彼だったのである」（“One of the strongest and the most distinguished opponents …… was Sir Garnet Wolseley, and he it was who pointed out the possibility of what actually did take place a few years later on”, 499）、と語られることである。作品冒頭で既に、トンネルの破壊が描かれていることなどから、こと建設に関しては反対派が結果的に負けることがわかる。しかし、反対派の代表格であるウォールズリーの発言が「指摘した可能性は本当に実現した」と添えられることで、反対派がいかに正しいことを言っていたかということを、双方の意見を紹介する前に読者に読ませておくのである。また、その「可能性」というのは、トンネルが奇襲によって占領されるというものである。

このように入念に反対派の意見を有利にする試みがなされているが、二つの意見を先入観なく読めば、両者が拮抗しているのが読み取れるだろう。しかも、賛成派が唱えるトンネルの経済的なメリットについて反対派はこの時点では具体的な反論ができていないのである。これについては、作品の中でトンネルは収益を上げることができなかったという話を入れることで、フィクションの世界ではあるが、否定している。トンネル建設の賛否に関しては現実に起こっていた論争であることから、あまり改変することはできない。それゆえ、できるだけ反対派を有利にする工夫がなされているのである。

しかし、反対派に有利な印象操作をするだけでは、まだ、読者への訴えかけは弱いはずである。賛成派を論破できていない以上、反対派が正しいと唱えるためには読者に対してワトキンの主張に嫌悪感を与えることが一つの解決策となり得るだろう。この作品でなされるワトキンへの攻撃はまさにその解決策に合致している。利己的で恥知らず、かつ、負け犬の守銭奴というイメージで描かれるように、彼を汚く描けば描くほど、彼が主導するトンネル建設の計画も汚いものであると映りやすいだろう。そのように賛成派の代表であるワトキンが尊敬できない人間であるとの印象は、この作品の主張、プロットとも合致するのだ。また、この作品が人気になれば、現実に彼が唱える論にも世間はどこか否定的な反応を示しやすくなるだろう。それゆえ、上述した作者のワトキンへの攻撃が痛烈であるということは不自然でなく、むしろ激しくやる方が作者の意図に、また、反対派の意図に合致するともいえるのである。つまり、ワトキンを徹底的に貶めるのには必然性すらあるのだ。トンネル建設に反対する作者が、彼の主張の正しさをある程度認めているからこそ、読者にその計画に対して拒否反応を持つよう工夫したとさえいえるのである。

おわりに

この作品はトンネル建設反対の主張のために書かれたものだが、その方法の基本となっているのは意見が拮抗する時、相手をどのように不利に持って行くかということだろう。そのために英仏海峡の海底トンネル建設とそれに直結する英国の危機という大きなテーマをエドワード・ワトキン個人への非難に集中させている。また、ジョージ・ウォルシュの勇気ある行動やそのことで彼が受けた栄光もワトキンの印象の悪くする装置として機能している。トンネルは作るべきではないとの作者の主張は反論しうる可能性があったからこそ侵攻小説を用いたのである。当時の賛成派との論戦は必ず勝てるものとはいえないが、近未来の世界、という設定を利用することで読者を説得することができるかもしれないのだ。フィクションで違う立場の陣営を批判する手法は侵攻小説ではよく用いられるものだが、トンネル建設への直接の批判ではなく、その主導者ワトキンへの個人攻撃に徹しているという点で、この作品は特異なものといえるだろう。これを行うことで、トンネル建設の賛成派を論破することはできずとも、心理的な抵抗感を生み出すことには役に立つはずである。そして、それはトンネルが英国にとって致命的な防衛上の欠陥となり得るとの印象を読者に与えることに繋がるのである。現実にトンネル計画は頓挫したが、それは英国民の理性に基づかない感情的な不安に起因するという評価がされている（Longmate 360）。この作品はそのように国民感情を喚起しようとした典型的な例であり、その方法は独特ながらも「海峡トンネル危機」当時、プロパガンダ小説の果たした具体的な役割を示す重要な事例であるといえる。

第八章　『ブローニュの戦い』(*The Battle of Boulogne*)

はじめに

『ブローニュの戦い、いかにカレーが再び英国領となったか』は新聞広告では宣伝してなかったようであるが、一八八二年五月一五日のある新聞記事に新刊として紹介されている(“Battle of Boulogne” *Pall Mall Gazette* 2)。その三日前の五月一二日には海峡トンネルの公益性を判断するために英国政府によって作られた陸軍省科学委員会がトンネルは国防上の脅威となりうるとの結論を英国議会に提出しており、それを考えると、『ブローニュの戦い』は、トンネル建設反対派の勝利が確定したといってもいい時期に出版された作品である(Hadfield-Amkhan 75)。

この作品は、あるフランス人がその手記で独白するという体裁をとっているが、このような手法は、侵攻小説が発展した例であり、発展するということの裏には、それが文化的に根付いているということの傍証にもなるだろう。これまでの作風では戦争を経験した英国人が英国の危機や破滅について自分の子供や後世の人々に向けて語るというものが多かったのだが、この『ブローニュの戦い』は侵攻を計画した側の目線で語られている。とはいえ、出版当時からの未来の出来事を、さらにその未来から回顧するという侵攻小説の基本は踏まえている。「海峡トンネル危機」を題材にした作品が多くあるなかで、特にこの作品を論ずる必要があるのは、侵攻小説としてはこの作品が海峡トンネル建設に賛成している珍しい作品だからである。ここではこの作品を紹介するとともに、この作品が反対派への攻撃にどのような手法で対抗しているかを論じたい。

Ⅰ　作品のプロットについて

作品の主人公、そして、この手記の書き手はヘクタル・ショーバンという男である。時間設定は、現実の出版から十年後の一八九二年だ。かつてはフランス共和党政権下で首相にまでなった人物である彼は、現在、身分を偽りロンドンの安宿に潜伏している。というのは、彼は大統領や側近をそそのかして英国を侵略しようと計画したが失敗し、フランスにはいられなくなったためである。このようなショーバンの現状が前置きとして語られ、その後は作品の終わりまでショーバンの手記のみで構成される。

海底トンネルは一八八八年に開業したことになっている。このことで英仏双方が経済的な恩恵を受けるとともに、両国の絆は深まっていった。トンネルは互いに利益をもたらす素晴らしい存在であったが、ショーバンはこのようなトンネルの恩恵は認めつつも、英仏が深い友好関係を結んでいる時こそ相手の油断を利用して英国を奇襲で侵攻できると考えていた。

彼が英国を攻撃しようと考えていた理由の一つには普仏戦争で失われたフランスの栄光を取り戻そうとしていたことが挙げられる。彼はドイツ相手では勝機はあまりないと考え、英国を相手に戦争をすることを思いついたのだった。英国を相手として考えた理由は、第一に彼が英国の繁栄に嫉妬していたこと。第二に、海底トンネルで陸続きになった英国なら簡単に勝てると考えていたこと。第三に、他のどんな国と戦争するよりも、多くの領土や賠金を得ることができると考えていたからだった。

第二の理由で挙げられる英国が弱いという判断を彼が下したのは、彼が在英大使と、英国の新聞などを情報源としていたからであった。英国を理解するには最低五年の滞在経験が必要と言われていたなか、五ヶ月と短い任期で交代していたフランス在英大使からの情報は洞察力に欠けていた。また、英国の新聞からはトンネルによって英国がいかに外敵に無防備になったかという論説が多く、それをショーバンは真に受けた。彼らの情報は英国メディアの情報の二番煎じ程度のものだったにもかかわらず、ショーバンは過小評価された英国の軍事力の情報を鵜呑みにして簡単に勝てると踏んでしまった。このように不十分な情報をもとに英国と戦争をした自身の浅はかさを彼は後に振り返り後悔するのである。

また彼は英国のアラーミスト達を利用できると考えていた。というのは、アラーミスト達が国防の脆弱性について騒げば騒ぐほど、当時の首相グラッドストン率いるリベラル派はアラーミスト達と距離を置き、トンネルの防御に消極的になると考えていたからだ。また、侵攻される危機を唱え続けるアラーミスト達が狼少年的に英国内で扱われ、フランス軍の侵攻という本当の危機が訪れたときには、英国の対応が遅れることも期待していた。

彼は英国には簡単に勝てると考えていたが、理由もなく侵攻することはできなかったため、英国が先に攻撃をしかけてフランスはその報復をするというシナリオを描いていた。彼は毎年大規模演習をしている英国ボランティア隊をフランスのブローニュに招き、英仏の合同演習をしようという提案を英国にした。フランスは、英仏両軍がともに演習する様子は互いの友好関係を目に見える形で民衆に発信できるという偽りの理由で英国を誘ったのだった。英国にとっては、それ以外にも自国内で能力を疑われていたボランティア隊が海外で勇姿をみせることは彼らのイメージ向上につながると考えていたし、フランスは、かつてのライバルだった英国軍を大量に自国の土地に招くという心の広さを内外にアピールできることから、両国とも合同演習をすることはそれぞれの自国内での理解を得やすかった。

しかし、彼の本当の狙いは、次の通りであった。まず、数万の英国ボランティア隊をブローニュに招き、到着した彼らには酒を勧め酔わせる。そして、七千人もの英国ボランティア隊員に変装したフランス人兵がブローニュの街中で強盗や暴行を働き、無差別発砲もする。これに対応するという名目で、フランス軍は英国ボランティア隊を制圧し、開戦後は必要に応じて彼らを人質として使う。そして、英国が演習であるにもかかわらず実弾を持ってきていた、その軍事力を用いてブローニュを侵略したという偽りの理由からフランスは英国に宣戦布告できるという筋書きであった。この計画と同時進行して、やはり英国ボランティア隊員に変装した三千人のフランス兵をドーバーで待機させ、開戦した後にはトンネルの入り口をすぐに占領し大量のフランス兵士を英国に輸送する計画をしていた。

しかし、ショーバンの計画はことごとく失敗した。第一にドーバーにいたフランス人偽装兵たちは素行が悪くパブなどでフランス語を使い、なかには窃盗を働いて逮捕されるものもいたことから、ドーバーだけでなくロンドンにまで、その悪評は届いていた。当然、彼らが偽物のボランティア隊員だと知られるようになりトンネルを占領する計画は失敗した。第二に英国メディアの論調とは違い、トンネルを守るドーバーの要塞の守りは堅く、偽装兵は一マイル以内に近づくことができないばかりか、英国陸軍大隊の到着を受け敗北した。第三に、ブローニュで攻撃されていた英国ボランティア隊を助けるため、英国は陸海軍の強力な援軍を派遣し、ブローニュのフランス軍は大敗した。これらの失敗をうけて、ショーバンと並びにこの計画に加担した政治家は全員国外へ亡命した。英国内の評判を真に受けてこの計画を思い立ったショーバンであったが、実際の英国軍の実力はそれよりはるかに高く、簡単に勝てる相手ではなかったのである。

この件でフランス共和党政府は倒れ、新たに樹立された政府に英国から出された停戦の条件は多額の賠償金とカレーとブローニュの沿岸地域の割譲であった。フランスはこれを飲み、戦争は終結した。

Ⅱ　否定される反対派の言説

ショーバンが戦争をすることを思い立ったのはフランスの栄光という漠然とした目的のためだったが、英国を相手として選んだのは彼が英国メディア、特にウォールズリー将軍のメモを真に受けたからだ。そして、そのことによってフランスは惨めに敗北する。

ウォールズリーを取り上げて海峡トンネル建設の反対派を否定するこの作品の手法は、「海峡トンネルの話」で見たものと大きな共通点がある。それは、後者が賛成派の代表ワトキンの主張を無価値にする試みをしていたのと同じように、この作品は、それを反対派の代表的人物であるウォールズリーの言説を信じて侵攻を実行するという点である。つまり、どちらの作品も対抗勢力の中心を狙っているのである。トンネル建設賛成の主張をするために反対派の牽引役の信憑性を落とすことが、この作品の一つの狙いだったと考えられる。ここから、この作品がいかにウォールズリーのメモを否定して、賛成派を有利に導こうとしているかを見ていきたい。

まず、ショーバンが英国へ侵攻することを決意する箇所は次のように語られる。

私は海底トンネルが彼ら「イギリス人たち」にとって不利になる、という内容の出版物は全て読んだ。ある記事では……傑出した将軍であるガーネット・ウォールズリー卿はある控え目な男が宣戦布告なしにトンネルを奪うと予言したものがあった。私はその控えめな男になると決めたのだった。

（I had read all the publications …… in which the Channel Tunnel might be used against them [the English]; and in particular an article in which that distinguished general, Sir Garnet Wolseley, had prophesied that a demure man would …… seize the Tunnel without previous declaration of war. I resolved to be that demure man. 7）

上記の引用によってショーバンが当時『一九世紀』や『タイムズ』などの大手メディアが主導した「海峡トンネル危機」で唱えられた言説を参考にしていたことが分かる。そこには、英国の弱みはフランスの強みになるというショーバンの狡猾な考えが表れているが、確かに国防の脆弱性が海外に知れ渡るというのは英国の不用心さの表れでもあると思われる。そして、ウォールズリーが警戒する「控えめな男」（a demure man）にショーバン自らがなり、指摘されている英国の防衛上の欠陥を奇襲で突こうというのが、彼の計画なのである。しかし、現実のウォールズリーのメモを参照しても「控えめな男 」（a demure man）に相当する記述は見当たらない。反対に、彼のメモにはトンネルを使った侵攻を「第二のナポレオンか彼と同様に野蛮な男によって」（"by another Napoleon or by a man with an equally low standard of morality" Wolseley 80）企てられることを危惧する記述があり、彼のメモ全体を調べてもこの箇所以外に侵攻の指導者について表現しているものは見当たらない。ナポレオンの性格については色々な見方があるだろうが、野心的というのが一般的な見方であり、それは「控えめ」とは対極をなすと言ってもいい。「控えめな男」という表現はトンネル奪取の容易さを強調するショーバン自身の翻訳である。かくしてショーバンは、ウォールズリーが「予言する」男となり、彼のメモ通り英国を奇襲する計画に乗り出すのである。

さらに、「ウォールズリー卿が明言したのは、裏切りによってならば、二千人ほどの兵士をドーバーへ送り込み、トンネルの要塞をよじ登ったり奇襲して奪うことは簡単であると考える人物が出てくるだろう」（"Sir Garnet

Wolseley ..... had stated that a man ..... might find it easy to introduce a couple of thousand men into Dover by treachery, and to seize upon the Tunnel Fort by escalade or surprise" 36)、という箇所では、わずか「二千人」ほどでドーバーの要塞を陥落させることができるという主張をウォルズリーの言葉としてショーバンは語る。ウォールズリー以前のアラーミストはドーバーの要塞の陥落に必要な兵力を最低四万と見ていたのを彼は二千人にまで劇的に減らし、ドーバーの防御がいかに脆弱かということを世間に提示したのである（Longmate 29）。このように出費の少ない作戦で「簡単」にトンネルを攻略できることを英国の権威ある軍人が「明言した」わけだから、ショーバンの野心をくすぐったのは当然といえるし、侵攻したくなる動機としても説得力がある。そして、ショーバンはボランティア隊員に偽装した三千人の兵士をドーバーに送るのだが、それは、より確実に陥落させるためといったところだろう。しかし、この「フランス人ボランティア隊員は要塞内部の塔の一マイル以内に近づくことが出来なかった」（"French Volunteers could not get within a mile of the inner tower" 35）と要塞の守りは極めて強固なものであったことが語られ、さらには、反撃を受けた彼らの様子は「我が軍の兵士たちは追われて、それは無数のネズミが狼の群れに追いかけられるようなものであった。そして、一時間と経たないうちに我々の四百人の兵士は死傷した。そして二千人の兵士が投降したり、捕えられた」（"Our men were chased like so many rabbits by a pack of wolves ...... In less than an hour 400 of our men had been killed or wounded, and 2,000 surrendered or were taken prisoners by force" 36）と描写されるように圧倒的な力の差で敗北するのである。二、三千人で陥落できると高を括っていた要塞には近づくとこができないばかりか、反撃を受ければ小動物のように逃げるしかないフランス軍と、それを追いかける捕食者としての英国軍とに喩えられる両者の力関係は歴然としており、ドーバーで一時間以内に壊滅させられたフランス軍というだめ押しの結末で英国の守備の強固さは疑う余地のないものとして語られるのだ。このように、ウォールズリーがドーバーの防衛力に下した低い評価、言い換れば、彼のアラーミスト的言説を作者はフランス軍の完全な敗北という筋書きで否定するのである。

手記の始めでウォールズリーのメモを参考に侵攻の計画が考えられたことが語られるが、手記の終り方からも、ショーバンの計画はウォールズリーのメモを実行したものであったことが念押しされている。ショーバンは、英国への侵攻を誘惑したウォールズリーへ、次のように語りかけている。

> ウォールズリー卿、二千人のフランス人が何を出来るかについてあなたが話をした時、英国の男たちはあなたのような将軍を擁していることをお忘れだったようだ。あの雌雄を決したペンテコステの翌日に、あなたがボランティア隊を鼓舞するならば、二千人のフランス人どころか、それが二万人でも五万人でもあなたを怯ませることはできなかっただろう。
>
> (Sir Wolseley, when you talked of what 2,000 Frenchmen might do, you were good enough to forget that your countrymen had Generals like yourself. Not 2,000 Frenchmen, nor 20,000 nor 50,000 made you flinch when you stood among the Volunteers on that fatal Whit Monday. I add no more, for I weep. [51])

「英国の男達はあなたのような将軍を擁している」と語られるこの箇所で、責めたいはずのウォールズリーや英国軍をショーバンは称えている。ウォールズリーを代表とするアラーミスト達の言説通りに侵攻したらフランスは大敗してショーバンは破滅したわけであるから、ショーバンはウォールズリーに騙されたといっても過言ではなく、彼はショーバンにとって最も花を持たせたくない人物に違いない。そのような登場人物を使って褒めさせることで『ブローニュの戦い』の作者は英国軍、ひいては英国を最大限に賛美しているといえるのである。

ところで、上記の引用箇所でも二千人という人数が繰り返されて語られるが、結局のところ人数の大小は関係無いという締めくくりである。ここで語られる「雌雄を決したのペンテコステの翌日」というのはブローニュでの戦闘のことである。その戦闘では英国軍が実弾のない銃剣の他には武器を持たずにフランス軍から包囲され、一方的に砲撃されていたが、「三十分に及ぶ砲撃にもかかわらず、それによって英国軍は恐怖で散らばることはなかった」（"a cannonading which had lasted half-an-hour, …… but which had not scattered the English army in flight" 41）という英国軍の勇姿が描かれる一方で、実弾のない銃剣という頼りない装備しかない英国軍から反撃を受けたフランス軍については、「我が軍の左翼が英国軍の攻撃で揺るぎ始めると、誰が最も速く走れるかという情けない競争が始まった」（"When our Left Wing began to waver under the shock of the English attack, …… an ignoble race began as who should run the fastest" 42）、と語られる。絶望的な状況でも、隊列を一切乱さず耐えていた英国軍に対して、形勢が不利になった途端一斉に逃げ出したフランス軍という戦闘場面を描写することで、単に英国軍の方がフランス軍よりも明らかに質で勝るため、フランス軍は脅威とはなり得ないとの作者の主張が見えてくる。

この作品では、トンネル建設反対派の中心人物である、ウォールズリーの予測は的外れだとしながらも、彼を非難したりしないばかりか褒め称えている。それは、侵攻に失敗したショーバン並びにフランス軍を貶めるというやり方で、否定している相手を持ち上げているのだ。作者がこのようなややこしい否定の仕方を工夫しなければならなかったのは、賛成派の中心ワトキンとは違い、ウォールズリーは英国の英雄であったため、彼を安易に非難すれば読者を敵に回す恐れがあったからではないだろうか。しかし、この否定と賞賛は英国のアラーミズムへの特殊な批判という以外に読者の愛国心をくすぐり、作品を肯定的に読んでもらうという意味があると思われる。

Ⅲ　正義の英国軍と不義をはたらくフランス軍

トンネル建設反対の言説を非難するこの作品の手法は、トンネルの危機を唱えるアラーミスト的言説が取り越し苦労に過ぎないということを、架空の英仏の戦争を描くことで読者を説得するものである。それは、ウォールズリーのメモを土台に作戦を企てたショーバンがことごとく失敗するという作品の全体的なプロットに表れている。

しかし、例えば、夜中に民間人のふりをした少数のフランス人が奇襲によってドーバーのトンネルの駅を奪い、それを突破口に数万人のフランス軍を列車でイギリスに送り込むことができるという、ウォールズリーが示した懸念には作品中で直接答えていない。(二六)トンネルを奪えば大軍を輸送できるというのが、反対派が唱える国内防衛の脆弱性についての重要な点であり、また、フランスにとっては最も少ない出費で英国に侵攻できる作戦であるはずだ。そのトンネルの奪取という魅力的な作戦をショーバンが行わないというのは英国にとって非常に都合の良い物語展開である。ドーバー駅の奇襲が描かれない代わりにトンネルを守る要塞の奇襲については語られる。もちろんこれも失敗するわけだが、ショーバンは秘密裏にドーバーへ三千人ものフランス兵を派遣することに成功している。しかし、そこでの彼らは、「とにかく、人目をひく制服を着ている彼らが盗人であるとの話が町中に駆け巡った。そして不運な我々の勇士たちは町のあちこちで捕らえられたのだった」（"Anyhow the word was quickly passed through the town that they [the French sham Volunteers] were a number of thieves about in showy uniforms, and this caused our unhappy braves to be collared at every street-corner" 34）、と彼らは奇襲を実行する前に、すでに彼らが犯罪者であるとの噂が立ち町中で警戒されていたのだ。しかも、立派な制服を着ている外見とは裏腹に町の至る所で首根っこを捕まえられるといった非常に情けない様子で描かれる。それは、フランス人兵士たちがあまりに粗野で野蛮だったから地元で悪党の集団と理解されたためである。そのように目立ち過ぎた彼らは要塞を奇襲することは叶わず、陥落させるどころか近づくことすらできずに敗北する。このような失敗の仕方はフランス軍を無能に描くことで成り立つ大胆なプロットといえるだろう。それゆえ、英国内のアラーミスト的言説は行き過ぎでウォールズリーの予測は的外れである、とする作者のプロットにはかなりの工夫が要求される。

そして、作者の工夫とは次のようなものといえよう。それは、英国人の読者に英国人であることに優越感を持たせること、さらに、フランス人へのステレオタイプを利用するということである。そうすることで、無能なフランス軍という設定に対する読者の違和感をできるだけ取り除こうとしているのだ。

この作品の導入部分で、ナレーターはなぜショーバンが英国を憎んでいたかを四つの理由で語るのだが、その内容はどれも英国人読者が誇りに思っていると考えられることばかりである。「彼がその国を憎んでいたのは、第一に王室を擁していたからである。第二に、信仰心に厚かったからである。第三に、裕福で繁栄していたからである。第四に、貿易で圧倒的な優位性を持っていたからである」（"He hated that country, first, because it was Royalist; secondly, because it was religious; thirdly, because it was wealthy and prosperous; fourthly, because...... [it was holding] an indisputable commercial supremacy."[5]）「彼はその国を憎んでいた」から始まるこの箇所は、すべて英国への褒め言葉ととれるし、反対にフランス人がそれらを持っていないと間接的に述べている箇所でもあろう。初めの二つ「王室を擁していた」と「信仰心に厚い」という箇所は、英国人が大事にしている伝統や徳の高さについて言及し読者の愛国心をくすぐる要素を持っているし、三つ目の「裕福で繁栄していた」と四つ目の「貿易で圧倒的な優位性を持っていた」の両箇所も英国の現状への褒め言葉と捉えることができるだろう。また、その二つに関して「憎んでいた」との言葉は、「嫉妬していた」と読み替える方が自然である。フランス人の視点から、憎しみや嫉妬心という歪んだ感情を通じて、英国人を持ち上げていると同時にフランス人を低くみせているとも読み取れる。

ショーバンの計画での最初の失敗は、ブローニュでの演習だった。ショーバンは英国のボランティア隊員達が野蛮で快楽主義的な人間の集まりだと考えていたことから、たくさんの酒を用意して彼らを酔わせようと計画した。ところが、ショーバンが後に知ったのは、「英国のボランティア隊員たちは最高の所作で、落ち着いて、規律正しかったのである」（"The men [the Volunteers] were all on their very best behavior, steady and well-disciplined" 27）という事実であった。このような彼らの形容は兵士や隊員を表す言葉として、これ以上ない褒め言葉ではないだろうか。当然、彼らを乱そうとするショーバンは失敗する。素晴らしい英国軍とは違い、ブローニュで悪事を働くよう命令されていたボランティア隊員に変装したフランス兵士については、次のように回想される。

一方で我々の兵士たちは……激怒し始めていた……パニックを引き起こすための多くの細やかな策は無意味だったと後で分かった。それは、我々が考えていたよりもパニックは早く生じ、それも、ひどい状況になったからだ。

(Mean while our own soldiers, …… were growing infuriated…… . Many of the minor precautions which we had taken to promote a panic turned out to be superfluous, for the panic came sooner and with a much wilder intensity than we had ever contemplated. 29)

英国軍が兵士として完全な秩序を保つことでショーバンの予想は裏切られたが、フランス軍はブローニュの秩序を乱すということで期待以上の活躍をしてショーバンを困らせたのである。ここで出てくる「多くの細やかな策」、つまり街に混乱をひき起こすための暴力は少しでよかったはずだった。しかし、フランス軍の野蛮さは同じフランス人のショーバンの予測をもはるかに上回るものだったということが語られる。しかも、その暴力というのは、フランス人がフランス人に暴行を働くというものだったのだ。これも、英国の読者に自軍の、ひいては英国人の民度の高さを語るとともに、ライバルである国がこれほどまでにレベルの低い国民なのだということを描写することで、英国の読者の自尊心を喚起する工夫がなされているのだ。

その後も実弾のない銃剣しか持たない英国ボランティア隊にブローニュでの混乱の責任を帰せたうえ、彼らに発砲するフランス軍のようすが描かれたり、あるいはドーバーでボランティア隊員に偽装して悪さをするフランス兵に対して、「女たちでさえ彼らを捕まえることに加勢して、彼らはあらゆる場所から引っ張り出された」(“Even women joined in the pursuit of them, and ...... had been stowed away in all sorts of places” 34)、と正義感から彼らを捕まえようと皆が一丸となって発奮する英国人の姿などが描かれる等、フランス人の手による手記という体裁をとっているこの作品であるが、明らかに英国人を強く正しい国民、またフランス人を弱く性根が悪い国民として対照的に描かれているのである。

さらに、もっと直接的に作者が英国側に立って作品を書いていることが分かるのはブローニュでの戦闘の場面である。そこでは、フランス人による手記という本来の設定を超えて語られる。それは、ブローニュでの混乱が戦争行為と見做されてフランス軍の攻撃を受けそうになる英国ボランティア隊の司令官について語る場面である。

> 彼（英国側の司令官）は自分の部下の失敗だと思っていることについて、どうすれば誤解を解けるだろうか、ということだけを考えていた。そして彼はこのことについてすでに感じている責任感で胸が張り裂けんばかりであった。
>
> (His [the English General's] only thought was how he might allay the misunderstanding which he conceived to have arisen from the fault of his own men, and the sense of responsibility that rested on him already in regard

to the matter, was almost enough to break his heart. 32)

ここで出てくる、「責任感で胸が張り裂けんばかりであった」というのは、司令官の心情であり、ショーバンが知り得ないはずのこの情報が三人称の小説のように神の視点で語られるのである。「ということだけを考えていた」からなる箇所も同様にこの司令官の気持ちが書かれているわけだから、ショーバンの手記という体裁から離れている。さらに、その司令官について描かれるものは恐怖心よりも責任感が前面に出た高潔な心であるのだ。このことからも、ショーバンは侵略を企てたフランス人という設定でありながら、英国人読者を喜ばせる役割を担う工夫がなされていることが分かる。つまり、作者は外国の侵略者の視点を用いて英国がいかに優れているかを表現するとともに、フランス人があまりに無能で野蛮であるという設定で作品作りをしているのだ。この作品のプロット、例えばフランス軍は三千人もドーバーへ送ることに成功しながらトンネルの駅すら占領できないなどは、優秀な英国人と無能なフランス人という両者に歴然とした能力差がなければ成り立たない。さらに、ショーバンが語る英仏の国民性の違いを見せることで、プロットの真実味を高める試みがなされている。

Ⅳ　英仏の国民性の違いから喚起される愛国心

この作品は「控えめな者」（The Demure One）という匿名で書かれている。これはショーバンが自らを「控えめな者」と名乗っていること、作品のほぼ全てが彼の手記で構成されているということから、ショーバンという架空の人物が筆者であることが分かるとともに、「控えめ」という言葉自体に重要な意味が込められていることが推測できる。さらに「控えめ」あるいは、謙遜さという視点から見られる英仏の国民性の違いはこの作品の骨格をなしているとさえいえる。

　まずショーバンの計画はウォールズリーが予言する「控えめな男」になることを決意することから始まる。皮肉にも、その計画を実行するために当時ただの国会議員だった彼が目論んだのは、フランスの大統領か首相にまでなることだった。結局はわずか二年で首相にまで上り詰めるわけだが、政治家としての彼がどのような人物であったかを振り返り、「私が口を開けば皆が聞いた。もし私が一オクターブ声を上げれば反対意見を抑え込むことができたし、大統領でさえ椅子から飛び上がらせることができた」（"When I spoke I was always listened to. …… if I raised my voice by an octave, I could drown all their protests, and make even our respected President jump on his chair." 8）、と語る。ここで表されるのは控えめで、大人しいと彼が自称するのとは逆の姿である。彼が声を荒げることで反対を唱える者を黙らせることができたという記述から明らかなのは、好戦的な政治家の姿であるし、彼よりも上位者を「飛び上がらせることができた」という箇所から、彼はただ強気なだけでなく、皆を圧倒することができた。つまり、彼の前では自分ではなく他の皆が「控えめな者」であったことが分かる。

　このように謙虚さとは逆をいくショーバンであるが、自信に満ちているフランス人として登場するのは彼だけではない。ショーバンは自国の防衛を過小評価する英国の言説を真に受けて侵攻の計画を考えるのだが、一方でフランス側には謙虚に自軍を見つめるという傾向はない。例えば、ショーバンが陸軍大臣にトンネルを使った侵攻について尋ねたときの返答をみてみたい。「私が陸軍大臣に一日で五万人の兵士を海峡トンネル経由で輸送できるかと聞いたとき、彼は自信家ではなかったが、半日でその十倍以上の兵士を動かせますと答えた」（"When I asked our Minister of War whether he could transport 50,000 French soldiers through the Channel Tunnel in one day, he had answered (though he is not a boastful man) 'I will carry over ten times that number in half-a-day'." 20）ここでは、大臣が五十万人以上という数字を出している。フランス軍の脅威を唱えるウォールズリーでさえ、トンネル経由では四時間で二万人ほどの輸送だと言っていることから（Wolesley 76）、半日ならば五万人でも十分野心的な目標であるにも関わらず、常識的に考えられないほどの人数を見積もるわけである。しかも、その大臣でさえ「自信家ではない男」だとショーバンは考えているのである。

一方でアラーミスト的言説が蔓延する英国について、ショーバンは侵攻計画失敗後に、「英国人の自己評価を低くする傾向はあまりにも強く、それは外国人にとって非常に誤解を与えやすいものであった」（"The habit of self-depreciation, which the English possess in an eminent degree, is most misleading to the foreigner." 19）と言っている。英国人が自分たちを卑下する「傾向があまりにも強い」と語るのは、外国人、つまりフランス人であるショーバンには理解し難いものである。それだけでなく、ショーバンは攻撃的な自分自身を「控えめ」と言い、非常識なほど自信過剰なフランスの大臣の見通しを誇大ではないと見做すわけであるから、設定している標準が英国人とはかけ離れているわけである。作品内のフランス人は理解しがたい程の自信過剰さを持っていることから、ショーバンが英国人についていう「誤解を招きやすい」とは、むしろ英国人の読者が彼らに言いたい言葉だろう。

フランス人が自らを過大評価する描写がされる一方、英国人一般の自国の防衛に対する弱気な面はアラーミズムの蔓延という形で出てくる。作品中、ブローニュでフランス軍と合同演習を行うことになると、英国内から渡仏を不安視する声が噴出するが、ショーバンはそのような英国の世論とフランスのそれとを対比させ次のように述べる。

> 退役した将軍や元帥、医者や聖職者、妙齢の女性や気象学者などが軍団の一つや二つ閲兵式に現れることに懸念を抱いて一斉に悲観的な声を上げることなど、フランスでは見たことがない。
> (I have never seen our retired Generals, Admirals, Doctors, Clergymen, Old Women and Meteorologists start up

and chorus lamentation all together whenever it has been a question with us of turning out a Corps d'Armée or two for a Review.[19]

「将軍や元帥、医者や聖職者……」と羅列して語られるのは様々な立場の世論形成者であるが、ショーバンや彼が意見を求めた大臣と同様にフランスの世論もアラーミズムとは無縁であることが示され、ひいては、それは自軍の能力を高く見積もるフランス人の国民性ともとれる。英国人が自軍に対して過小評価する一方、フランス人は自国の軍に対して過大に評価しているのである。ショーバンが自らを「控えめな者」と名乗ることに代表される皮肉な英仏の自己評価の違いを何度も読者に語ることは、フランス軍が無能ぶりを発揮する英仏戦争の展開にも真実味を含ませる仕掛けとして機能し得るし、英仏の両国民が互いに理解し合えない存在であるとの伏線を張ることは、英国の読者にこの作品の英仏戦の展開と結末を受け入れる余地を与えることに利するだろう。そして、この作品が「海峡トンネル危機」の年に出版されたこと、フランスではこの種の作品の流行がなかったことを考えると、上の引用は、当時のトンネルに対する現実の英仏双方の世相を表したものともいえる。「悲観的な声を一斉に上げる」というのは、英国の「海峡トンネル危機」を起こす国民性についても特に当てはまる表現である。ウォールズリーのメモだけでなく、作品出版当時の現実の世相も反映させることは、ショーバンの手記にも真実味を与えることになるだろう。

おわりに

この作品はトンネル建設反対派に異議を唱えることを目的としている。「海峡トンネルの話」においては、トンネル建設賛成派の主導者ワトキンを痛烈に攻撃することで、反対派を有利に持って行こうとする手法を見たが、この作品では、反対派の中心ウォールズリーの予測を作品内で実行し、彼の予測は当たらないとの結論に至ることで反対派を不利にしようとしているのである。本章では、このように直接のウォールズリー批判を回避しつつ彼や英国軍を持ち上げることでアラーミズムを攻撃する方法を見てきた。

この作品におけるアラーミズムを懐疑的に見るやり方には少なくとも二つの方法が特定できるだろう。ひとつは、その声の代表的人物であったウォールズリーのメモを敵に実行させるという方法である。作品内でウォールズリーの「予言」をことごとく外れさせる作者の手法はトンネルの脅威論を弱めようとする積極的な試みといえる。もう一つは自国の防衛力をあまりに過小評価する英国民、特にアラーミスト達の姿勢はフランスの野心を掻き立てる危険なものであると感じさせるように作品を展開するという方法である。作品内のフランス人は英国人とは反対に自信過剰であり、慎重すぎる英国人の様子から簡単に勝てる相手だとフランスの誤解を生んでしまう。結局、英国は勝利するもののブローニュで大きな犠牲を払うことになり、それは英国人の自信の無さがフランスの野心をくすぐった結果ともいえる描き方がなされているのである。

これまで見てきたように、この作品もまた、トンネル建設反対派の作品と同様に理論的な説得よりも読者の感情を頼りに自らの主張を唱えようと試みるものである。現実のトンネル建設は反対派の勝利に終わり建設は途中で取り止めになるが、この作品は「海峡トンネル危機」が大きな盛り上がりを見せるなかで、その流れとは反対の目的で書かれ、かつ、敵側の視点で描く侵攻小説初期の貴重な資料といえる。

結章

クラークは侵攻小説の誕生について、「一八七一年から一九一四年までの間、改革を支持、あるいは反対する議論を提示するためによく用いられた手法である、いわば、未然の戦争物語を『ドーキングの戦い』は確立したのである」（"*The Battle of Dorking*...... established the tale of the war-to-come as a favourite means of presenting arguments for or against changes ...... during the years from 1871 50 1914", Clarke "The Battle of Dorking" 309）、と論じ、さらに、「作家たちは海軍の方針に関する教訓や陸軍の弱点に関する警告をフィクションの形態でどのように広めていくかをチェスニーから学び、一八七一年から多くの未来の戦争を予測する物語が登場し始めた」（from 1871 onwards ...... many forecasts of future wars that began to appear ...... writers learnt from Chesney how to deliver a lesson on naval policy or a warning about military weaknesses in a pattern of fiction" ibid 309）、とチェスニーが書いた作品のプロパガンダとしての影響力を要約している。クラークの説から、政治的な主張をしたい作家の間でチェスニーの手法は流行していたことになる。それゆえ、このチェスニーの「ドーキングの戦い」は侵攻小説の基準といえるものである。そして彼が一部の作家の間で流行させたその手法の誕生とその初期の姿を本書で論じた作品からまとめたい。

I　第一部「ドーキングの戦い」のまとめ

「ドーキングの戦い」の作者ジョージ・チェスニーは英国の決定的な敗戦を大げさな予測で描いた。その予測とは英国が間違いを犯し続ける一方、敵国は冷静に英国を侵攻するというものである。普仏戦争を要因とするアラーミズムは一八七〇年の秋頃から目立つようになってきた。そして、英国の安全への疑問を唱える新聞記事などは増えていったが、それは逆にいえば、そのような記事を当時の読者が求めていたということでもある。つまり、アラーミスト的な読み物の需要は高まっていたということである。しかし、例えば、そのような需要で利益を得ることができる新聞であるが、基本的には事実に則した話しか書けないという制約があるために、英国は危険な状況にあるという趣旨の扇動的な記事を書くことが精一杯の便乗商法だったといえよう。

そのようななか、チェスニーはその当時の読者の需要に存分に応える作品、「ドーキングの戦い」を世に出したのである。チェスニーはその好機、英国民の危機感に積極的に便乗しようという意図があったのであろう。というのは、彼がフィクションで国民に危機感を持たせたいという旨の手紙をブラックウッドに出してわずか二ヶ月で初校をまとめているからである。

彼の主張を唱える手段として優れていた点、つまり彼のプロパガンダ的特徴は、すでに存在する読者の恐怖をさらに増長させ、そして、読者自身がその恐怖を回避する主役であるという認識を与えたうえで、彼らの意識を彼が期待する解決策へと導くことである。

これを行うために彼が取った方法は、まず、ナレーターが孫に語りかけるという体裁で物語を進めることであった。孫という愛する人、幸せになってもらいたい相手に語りかけるわけだから、ナレーターは善意の語り手であると読者に印象付けられる。そして、そのナレーターは読者の導き手となる存在という役割が与えられている。その人物設定にも特筆すべきものがある。その導き手はナレーターであるだけでなく、作品の主人公でもある人物だ。彼は、未来の人物であり、一八七一年当時の読者と同時代の人物でもある。いわば、読者と同年代の先達である。作者はこの矛盾した設定を架空の未来から語るという設定で可能にしている。また、英国の破滅を防ぐことのできなかったその人物は苦悩する失敗者であり、彼だから語ることができるあと智慧は、すなわち、読者にとっての成功の道標なのである。このような主人公の人物設定は読者にとって身近などこにでもいる普通の人間だ。そのような主人公は読者が信頼して耳を傾けやすい人物であろう。その信頼できる人物が善意で語りかけるというやり方で、慎重に読者の信頼を得ようとしている。また、主人公は当時の読者がよく知っている情報、つまり、普仏戦争や、他の国内外の情勢などを語ることで、読者に主人公との知識が一致していることを認識させる。このように、ナレーターは偽らない語り手であることを印象付ける工夫を行ったうえで、ドイツ軍の英国への侵攻を語り始めるのだ。

その侵攻は出版当時から数年後に起こるとされている。この短い時間設定は、読者へ迫りくる破滅の恐怖を与える仕掛けであると同時に、作品で語られるナレーターのあと智慧を生かすための現実の行動が許される時間の短さでもある。これは、読者を怖がらせるだけでなく、彼らに危機感を持たせる一石二鳥の効果を望める設定なのだ。そしてドイツ軍の侵攻は一貫して主人公の目線で語られる。彼は戦闘の訓練を受けていない一市民で、ボランティア隊員として戦争に参加しているわけだから、それは、多くの読者と同じ目線で語られる一種の体験談なのである。ミクロ的な視点で英国軍がいかに戦争に備えていなかったかを読者が理解できるレベルで見せ、彼らに防衛上の不備を疑似体験させるという仕掛けなのである。そのようななかでも、作者は読者に恐怖を与えていくということを怠りはしない。主人公が聞いたドイツ軍が進軍していく情報を小出しに伝えていくことで確実に首都に迫る敵軍の存在を常に読者に意識させておくのだ。正確かつ迅速に進軍していくドイツ軍がいることを読者に気付かせておくことは、準備不足でミスの多い英国軍という印象をより強めることができるのである。

このように仕組みを論じていくと、この作品がいかに読者の理性ではなく感覚に訴えかけているかが見て取れる。この作品の手法は読者の恐怖と共感を巧みに喚起させるのである。

「ドーキングの戦い」は英国の軍事的強化を意図したプロパガンダの類であるとともに、それ以外にも反帝国主義的要素を持った作品であるともいえる。それは、いかにドイツが英国を攻め入るかというプロットに表れている。英国が世界中に広大な領土を持っていなかったら、限られた英国の予算と人員を本土の防衛に集中することができたのだ。当時世界一だった英国の海軍力が世界に散らばらなければ北海やドーバー海峡はしっかりと守られていたはずであるし、作品で描かれるように素人同然のボランティア隊に本土防衛の要を任せなくとも陸軍がその役目を担えたのである。そのような作者の考えは、英国軍が散らばったことを背景に語られる、「我々は信じられないほどの愚かさで、守ることのできない領土を保有し続けていたのだった」("with incredible folly, we continued to retain possessions which we could not possibly defend", 541)、という言葉に見ることができるのである。

Ⅱ 第二部「ドーキングの戦い」以降、一八七〇年代の侵攻小説作品のまとめ

一八七〇年から一八七一年に起きたアラーミズムが落ち着いた後、一八七〇年代の英国には民衆が感じる目立った侵攻の危機は起きていない。そのような時期は侵攻小説にとっての冬の時期といえよう。それでも、崩壊しかかっていたオスマン帝国と南下政策をとりたいロシアというヨーロッパの情勢には変化があり、当時の侵攻小説は、この東方問題に絡めて作品作りをする傾向があった。

『五十年が過ぎ』と『トルコの分割』はまさにこの東方問題を扱う作品であり、主に軍事力が衝突するのはブリテン島以外の場所である。それでも、両作品共、「ドーキングの戦い」の手法を引き継ぎながら読者に改革の主張を行う。

『五十年が過ぎ』は、「ドーキングの戦い」から五年後の作品であり、この作品は読者の恐怖心を喚起しようとするチェスニーが作った手法を形式的に利用したストーリー展開を行っている。つまり、英国が目も当てられないほどに落ちぶれた五十年後の未来から振り返って、出版当時の英国がその破滅へと進んで行く過程を、それに図らずとも加担した老兵が重々しく孫に語るという構成である。また、語られる経緯というのは英国の現政策が作中で最悪の結末を迎えるようすであり、当然、作者は当時の政策に反対する主張を持っているのである。『トルコの分割』とは違ってトルコとの友好関係に反対を唱えるこの作品は、特に、一八七六年にトルコで起きたとされるクリスチャンの虐殺報道を受けて書かれたものであろう。

作者の思惑としては、まだ発表後六年ほどしか経っていない「ドーキングの戦い」が読者の興味を引き、そして、主張を発信する力も強いと考えたからこそ、その方法を「東方問題」に適用しようとしたはずである。もっといえば、これは「東方問題」版の「ドーキングの戦い」なのである。

しかし、この作品はチェスニーの作品を踏襲するあまり、些細であるが、設定に多少の無理が生じている。それは、作品中の聞き手が「ドーキングの戦い」では自ら海外で新たな生活を始めようとする孫であったのに対し、この作品では庭で走り回って遊ぶ孫なのである。つまり、前者と違い後者はまだ子供であると考えられる。『五十年が過ぎ』では、ナレーターが年端もゆかない子供に向かって世界情勢や英国の取るべきだった外交姿勢などの難しい話をしていることになるのである。それでも、孫たちを気遣えないほどに悲観に暮れているこの老人の窮状を表す手法とも考えられる。いずれにしても、「ドーキングの戦い」はこうして引き継がれていったのである。

一方、この作品の三年前に発表された『トルコの分割』もやはり東方問題に関連した作品である。そして『五十年が過ぎ』と同じく英国の外交姿勢についての主張がなされており、英国軍の改革といった論点は持たない。英国の防衛政策に直接的な意見を持たないこの作品もプロパガンダ的侵攻小説としては例外的な作品といえる。換言すれば、侵攻小説の可能性の幅広さを示した例でもある。チェスニーの手法を取り入れた『トルコの分割』であるが、それ以外にも、当時流行していたと思われるプロパガンダ的歴史小説の要素をも取り入れた作品だ。それは、過去の歴史的事実を出版当時に情勢に当てはめ、読者を啓蒙しようとする手法である。そして、『トルコの分割』ではチェスニーが読者を熱狂させた未来の視点から現在を見せるという手法を歴史小説に組み込んだ構成で作品作りがなされている。この作品は現実の出版から二十年後という時間設定で、その未来から現実にもっと近い未来を予測するという手法で語られる。この作品が数年間の世界情勢の変化を語る歴史書であるという作者は、面白いことに出版年をその本の表紙で偽ってまで歴史を語るという体裁をとっている。これについては、研究書や図書館のカタログなどの出版年に未だ間違いが見られることから、後世の人々に誤解を与え続けている。

この作品で特徴的な手法は近未来のある時点についてのみ語るのではなく、もっと大局的に数年間の期間に及ぶ英国や英国の外交の変化について予測を述べているということである。この点から、詳細をリアリスティックに描いて読者の本能的な恐怖心に訴えるチェスニーの手法をほとんどそのままに引き継いだ『五十年が過ぎ』とは違い、『トルコの分割』は侵攻小説でもありながら、どこかプロパガンダ的な歴史小説作品であるともいえる。その中で、世界大戦とも呼べるほどの大きな戦争が四年間という長期に渡って行われるという第一次世界大戦に近い予測をしていることは予言的であり、クラークが「次の大戦が長期的で凄惨なものとなるという予測はどの侵攻小説を書いた作家も予言できなかったのである」とした結論を否定する唯一の作品といえる。

『トルコの分割』における読者を説得する方法とは近未来の英国の成功談を繰り返し述べて、成功のモデルケースを宣伝することである。また、その成功談から理解できる作品の目的は、当時の弱腰だったリーダーシップを排除し、強硬な外交姿勢をロシアに対して持つことである。『トルコの分割』は「歴史小説と侵攻小説という当時魅力的だった二つの誘導の手法を取り入れた作品で、このジャンルの初期の実験的な作品である。

一八七八年に発表された『一八八三年の侵攻』も『トルコの分割』と同様に、成功談を繰り返し述べることで作者が提唱する改革は正しいと読者に説得を試みるものである。この作品における英国への侵攻の前提となっているのは、オスマン帝国を得ようとするロシアとオーストリアによるスエズ運河への影響力を排除するため、英国はエジプトへ多くの陸海軍を送るというものである。「ドーキングの戦い」のプロットを踏襲していると考えられるのは、まず、時代設定が現実の作品出版から数年後というものである。そして、敵国がドイツであるということと、ボランティア隊が防衛力として重要な役割を担わされていること。さらに、海外の権益を守るために多くの軍事力が割かれ英国本土の守備が手薄になっているというところだろう。

この作品のプロパガンダ的主張は主にボランティア隊を改革すべきというものである。それを効果的にするために、まず、一八七六年に出版されたこの作品は、一八七〇年の普仏戦争が与えたドイツの脅威という比較的新しい英国の読者の記憶を利用した敵国の設定をしている。しかし、読者のドイツに対する恐怖心を喚起しようとした作品作りがなされているわけではない。それは、作品の冒頭でドイツ軍の艦隊が壊滅させられ、すでに上陸したドイツ軍が英国内で袋の鼠であったことが明らかにされるからである。つまり、作品の初めから英国が優勢であり、ドイツが恐れるべき相手でないことを明らかにして読者を安心させているのだ。

現実の出版当時から数年後の未来を、さらにその未来から回想するという設定で語るナレーターはやはり読者を現実の行動に導く役割を担っている。その導き手が語る物語はいかにボランティア隊が活躍するかという成功談である。旧来の制度から脱却して、待遇と能力の向上を図ったボランティア隊員たちが勇敢にドイツ軍と戦い勝利を収めていく姿を語ることで読者にボランティ隊改革のモデルケースを広告しているわけである。そこで作者は面白い手段で読者への説得を試みる。それは、物語の中で、防衛改革を主張する作品が出版され、それを読んだ読者の運動が政治を動かし改革が実現するということを語るのである。この作品と同じ主張をする本が作品中で成功を収めていくという展開は、『一八八三年の侵攻』にも同様の期待を作者がしていたというだけでなく、そのような成功例を挙げることで読者による改革への行動を促しているとも考えられるのだ。これは、生まれ変わったボランティア隊の奮闘を描くことと根本的に同じである。この作品のプロパガンダ的手法は成功例を挙げ続けていくことで、読者の行動に影響を与えようとすることなのである。

また、この作品は侵攻軍の非道さだけでなく彼らの人間的な側面を描き、侵攻軍の兵士はドイツの政策の被害者という位置付けで描かれている。さらに、戦争の被害を受けた英国民の惨状をミクロ的に描いて、戦争そのものが悪であると感想を加えるなど、作者の反戦思想も表面化されている。

『海峡トンネル、つまり英国の破滅』は一八七六年に発表された作品であるが東方問題とは関係のない物語である。また、英仏海峡の海底トンネル建設を題材にしているが、敵国の設定はフランスではなくドイツである。一八七〇年の普仏戦争と一八八二年の「海峡トンネル危機」の中間の時期にあって、その両方の危機を利用した作品だといえる。ドイツは戦争に頼らなければ体制を維持できない危険な国であることから、簡単に勝てるフランスとの戦争をもう一度始める。フランスを占領した後は、トンネルを経由して英国に侵攻する。これは回りくどい経路だが、フランスではなくドイツを英国の敵として語ることには異論が出にくいという当時の雰囲気を表しているだろう。そして、ドイツは戦争をしなければならない国であるという設定は、当時の侵攻小説としては当然のものだった。また、一八八五年という近未来の出来事を写実的に描くというのも「ドーキングの戦い」に忠実といえる。この作品について特に語るべき手法というのは、物語の中で歓迎されていた多くのドイツ人観光客が侵攻軍の兵士となって英国を攻めるというものである。そして、兵士だけでなく英国にいる一般の外国人にも警戒心を抱かせようとする手法を明確に使用したのは侵攻小説としてはこの作品が初めてであろう。

Ⅲ　第三部　一八八二年の「海峡トンネル危機」における侵攻小説作品についてのまとめ

『いかにジョン・ブルはロンドンを失ったか』ではジョン・スミスという食品の取引をして生計を立て、中流の快適な暮らしをしている男が登場する。これは「ドーキングの戦い」の主人公のように一般読者に近く、読者が同情心を抱きやすい人物といえるだろう。その読者に近いと思われる人物が下っ端のフランス人兵士たちから蹂躙されている描写から物語は始まる。一八八二年は「海峡トンネル危機」で記念される年であり、英国民が防衛政策への危機感を募らせていた時代である。しかし、同じく侵攻への危機感が高まっていた時期に出版された「ドーキングの戦い」とは違って、この作品では長く頁を割いて、いかにフランスが敵意をもった隣人であるか、また、英国が国際的に孤立していたかを読者に説明している。英国が侵攻される過程では『海峡トンネル、つまり英国の破滅』のように、フランス人旅行客が戦闘員に変わるというプロットを採用している。しかし、この作品に直接影響を与えたのは、トンネル建設反対派の中心的人物だったウォールズリー将軍のアラーミズム的推測であろう。侵攻軍の兵士に蹂躙されるという読者に近い人物の窮状をミクロ的に描くことだけでなく、当時の代表的言説を取り入れることで英国に悲劇が起きるという予測に真実味を与えている。また、フランス軍と英国の戦闘の様子は巨視的に描かれる一方、フランス軍に支配された英国民が虐げられるという描写は詳細に描かれるということから、トンネルを開通させたことで侵攻軍によってもたらされる市民の悲劇、つまり読者の個人の不利益をことさら強調しているのである。さらに、フランスがいかに悪意を英国に対して持っているかもしっかり説明されていることから、作者は、トンネル建設と、それによって陸路で結ばれるフランスを警戒すべきとの主張を強く行っているともいえる。

「海峡トンネルの話」は海峡トンネルを使った英国へのフランスからの侵攻を水際で防ぐことができたという成功談を語るということに加え、その成功談と対比させて、トンネル建設賛成派、特にその中心的人物であったエドワード・ワトキンを攻撃する手法でトンネル建設に反対している。そして、ワトキンを中心とする賛成派がいかに金銭に貪欲で自己中心的な集団であるかを語り彼らが惨めに破滅していく様子に海峡トンネルの失敗を重ねているのである。

この作品も『いかにジョン・ブルはロンドンを失ったか』と同じように、英国が侵攻されるに至る背景の語りが多くを占め、またフランスの民間人を武装させ英国に敵対する戦力として使っている。それは、当時懸念されていたトンネルの問題点を遠慮なく作品に使っていこうという、この作品の姿勢の表れであろう。さらに、『いかにジョン・ブルが英国を失ったか』と「海峡トンネルの話」とを比較すると、前者がトンネル建設反対派を中心に描き、その予測を大まかに作品で表現しているのに対し、後者は、賛成派がいかにトンネル建設を実行していくかに焦点を当てつつ、その建設計画が非常に悪しきものであるとの印象作りを試みているという違いがある。

『ブローニュの戦い、いかにカレーが再び英国領となったか』では、海峡トンネルが建設されたことで結局英国が利益を得る、というこれまでの「海峡トンネル危機」について書かれたものとは異なる主張を持った作品である。さらに、この作品では、フランスからの視点で英国への侵攻を描いている。この作品でも、侵攻計画の土台に使われているのはウォールズリーの言説である。彼のアラーミズム的予測と懸念が実現して英国が危機を迎えるという物語が『いかにジョン・ブルはロンドンを失ったか』あるいは「海峡トンネルの話」だったのに対し、この作品は、ウォールズリーの言説を真に受けたフランスの政治家がそれを実行して失敗するというプロットなのである。そこでは、英国民の愛国心を多分に喚起する語りで、英国軍を隣国への信頼心が厚かったために騙された正義の軍としている一方、侵攻を企てた側のフランス軍を勝つためならばどんな卑怯な手でも使う悪しき軍としている。つまり、善と悪の対決を分かりやすい構図で描いているのである。そこで作者が繰り返し主張するのは、英国軍は立派な戦力であり、当時の英国民が懸念するようにフランス軍は脅威とはなり得ないということである。さらに、この作品では海底トンネルを使って英国軍をフランスに侵攻させている。この作品もいくつかの侵攻小説作品と同じように、成功談を繰り返し述べるというやり方で、当時の英国民の不安を払拭しようと試みている。特にこの作品で特徴的なのは、敵国の指導者が自身の失敗談を感情的に語るという手法で、英国の成功を明らかにしていくのである。

おわりに

ここまで侵攻小説が誕生した当時の作品を論じ、そのプロパガンダ的特徴を見てきた。また、このジャンルには英国が外国から損害を受けるという話が多く見られることから、リトル・イングランダーの特徴を有し、読者にゼノフォビアを根付かせる方向性を持つ反帝国主義との親和性の高い作品群であると見ることができる。本書で論じたのは、「ドーキングの戦い」を除いては、ほとんど忘れられた作品ばかりであり、これらの作品が有していたプロパガンダ的効果は当時の読者でなければ体験することは難しいだろう。それでも「ドーキングの戦い」が作ったこのプロパガンダの手法が優れていたことは、短期的な人気で終わらず、一八七〇年代から絶えず利用されてきたという事実が証明している。そして、一八八二年にはプロパガンダの手法としての地位を築いていた。時代が下り、一九〇〇年代に入っても有力な誘導の方法として利用されていたのである。その例として、『一九一〇年の侵攻』という作品を取り上げたい。

侵攻小説の中で最も成功した作品は一九〇六年に出版されたウィリアム・ル・キューの『一九一〇年の侵攻』だろう。この作品は商業的にも、プロパガンダ作品としても大きな成功を収めた。ル・キューは友人からドイツが英国を侵攻する意図があることを聞き、政治家や新聞社にその情報を伝えたが誰も耳を貸してくれなかった。しかし、「ドーキングの戦い」の作者チェスニーが軍人だった頃の直属の上司で、チェスニーとは友人関係でもあったロバーツ元陸軍元帥は他の人々とは違っており、ル・キューの話を信用して、フィクションの形で世に広めることを提案したのである。ロバーツはそれだけではなくル・キューに敵軍の戦術をアドバイスすることも了承して、二人で英国の戦略的に重要な場所を巡っている（Clarke *The Great War with Germany* 252)。

そのようにして書かれた『一九一〇年の侵攻』は、まさに「ドーキングの戦い」の手法を用いた作品であった。四年後という近未来に侵攻を開始したドイツ軍が、英国の様々な場所を攻撃しながら首都のロンドンへ攻めてくるという物語である。そして、読者の恐怖心を喚起する方法として、写実的な描写、想定される読者に馴染み深い地域を詳細に描き破壊していくといった手法が使われているのだ。この作品は本として出版される前に、『デイリー・ミラー』紙で連載され、その社長の意向によって、新聞の購読者数を増やすために小さな村は戦略的に重要な侵攻の経路であっても省かれ、ロバーツがアドバイスした地域を一部無視して、人口の多い街をドイツ軍に攻めさせたという経緯がある。自分たちが住んでいる地域が侵攻されるという話は、読者の本能的な不安を掻き立てるものがあり、商売としても有利だったからである。

そして、この作品の宣伝方法も独特のものがあったが、それは「ドーキングの戦い」とも共通点がある。「ドーキングの戦い」がパンフレットで出版された時、ブラックウッドはそれを政治家のスピーチや税金の説明などに使う体裁のパンフレットにして、店舗販売以外にも六人の少年を雇ってロンドンの街頭などで配らせた（Finkelstein 91-2）。このような販売方法は「ドーキングの戦い」の高い需要に応えるためのものであったが、同時に、この作品を読ませることには高い緊急性があるとの印象を通行人に与えやすい方法でもある。そして、数年後に英国が破滅するという緊迫した内容であるこの作品への読者の期待をより高める効果も期待できただろう。一方で、『一九一〇年の侵攻』では、ドイツ軍の格好をした人々がロンドンの街を練り歩くという方法で物々しくこの作品の宣伝をした（Clarke *Voices Prophesying War* 122）。それは、ドイツ軍がロンドンへ侵攻した様子を街ゆく人々に見せることで、彼らの危機感を募らせ、作品を肯定的に読ませる効果が期待できたからである。そして、それぞれの販売手法は写実的に近未来を描く作品への真実味を増すことにも資したはずである。

「ドーキングの戦い」に始まった侵攻小説は英国が侵攻されるという危機感の少ない時代にも出版され続け、一八九〇年代からはル・キューのようなベストセラー作家も誕生していくようになる。このジャンルの読者を誘導する手法がフィクションで主義主張を発信する者の間で流行していたことは、侵攻小説に優れたプロパガンダ的特徴があったからに他ならない。

そして、本書で見てきたこの時代の多くの忘れられた作品は、どれもさまざまな実験的な試みを加えながら、このジャンルの初期の形を作っていった小説である。そのような作品群によって「ドーキングの戦い」の手法はプロパガンダ装置としての地位を確固たるものとなり、後々まで利用されるに耐えうるものへと鍛え上げられたのである。

本書および本研究はＪＳＰＳ科研費 JP19K13123、および、同朋大学の二〇一九年度特定研究費（出版助成等）を受けたものです。

註

第一部「ドーキングの戦い」("The Battle of Dorking")

（一）一八七一年版の『出版業者の回覧物』では別枠を設け「ドーキングの戦い」に関連して同年に出版された書籍を挙げている。それは以下の二十タイトルである。

一、*After the Battle of Dorking: or What became of the Invaders*
二、*Army Speech: by an Old Harrovian*
三、*Battle of Berlin: Die Schlacht von Kingsberg*
四、*The Battle of Dorking: a Dream of John Bull's*
五、*The Battle of the Ironclads: or England and Her Foes in 1879*
六、*The Battle of a Myth: England Impregnable*
七、*The Battle of Fox Hill: the Prince of Walls in a Mess*
八、*Britannia in Council: a Political Retrospect*
九、*The Coming Cromwell*
一〇、*The Commune in London: or Thirty Years Hence*
一一、*The Cruise of the Anti-Torpedo*
一二、*Forewarned! Forearmed!: the Suggested Invasion of England by the Germans*
一三、*The Lull Before Dorking*
一四、*The Official Dispatches and Correspondence*
一五、*Other Side of The Battle of Dorking*
一六、*Our Hero*
一七、*The Second Armada*

一八、*Siege of London*
一九、*Sketchily*
二〇、*What Happened After the Battle of Dorking*
(The Public Circular vol. 34, 94)

(二) ウェールズ皇太子とケンブリッジ公は一八七一年六月二八日のディナースピーチで「ドーキングの戦い」を例に英国の侵攻について論じている("This Evening's News" *Pall Mall* 7)。また、グラッドストンは九月二日のヨークシャーにおけるスピーチでこの作品を名指しで非難している("Premier at Whitby" *Leeds Mercury* 3)。

(三) ボランティア隊はクリミア戦争の後にフランスの脅威を受けて一八五九年に誕生した。ほとんどが少しの訓練を受けただけの素人であったため正規の兵士の代わりになるほどの能力はなかったが維持費用は安かった。一八七一年に正式に陸軍省に所属する隊となる(Clarke *Voices Prophesying War* 25)。

(四) 『一八九X年の大戦』の著者フィリップ・コロンの弟、ジョン・コロン(John Colomb)大佐が一八六七年に書いた冊子『貿易の保護と海軍の配置についての考え』(*Protection of our Commerce and the Distribution of our Naval Forces Considered*)によって、大英帝国の運命は陸軍力ではなく外洋の海軍力に委ねられているという考えの「外洋学派」が誕生したとされる(Longmate 361)。そして、この考えを一八七〇年代に広めたのはグラッドストンだとされる(Eby 17)。

(五) カードウェルが行った主な改革は、それまで購入することができた軍の階級を購入できないものに変更したこと、最低十二年だった兵役を六年に短縮したこと、また、クリミア戦争以来、乱立した十三もの機関を陸軍省に統一して軍の効率化を進めたことなどがある(Bond 34-5)。

(六) ビリー・ラッセルはウィリアム・ラッセル(William Russell)のニックネームである。彼は初の従軍記者といわれる人物で、『タイムズ』紙の特派員としてクリミア戦争(一八五四-六)を取材した。従来の軍の発表を記事にするやり方ではなく、彼は戦場で兵士から見聞きした話を写実的な描写で記事にし、クリミア戦争の悲惨さ、英国軍の問題点などを露にした(Taylor 163)。

第二部「ドーキングの戦い」以降、一八七〇年代の侵攻小説作品

(七) 『トルコの分割』の出版年が正しくないという当時の新聞記事がある。また、その出版時期が一二月であったことと、本のタイトル(*The Carving of Turkey*)が七面鳥を切り分けるという意味にもとれることから、「我々はこの本がクリスマス用図書に違いないと思っていたが、読んでみると政治的内容の冊子であることが分かった。また出版年についても冗談である」("We thought this must certainly be a Christmas book, but on glancing inside we found that it was a political pamphlet ..... the date of publication ..... is also a joke". "The Carving of Turkey", *Glasgow Herald* 3）と語られている。

（八）「四月蜂起」は一八七六年オスマン帝国からの独立を目指すブルガリア人によって行われた。ロシアの介入によって一八七八年にブルガリアは独立を果たすことができたのだが、「四月蜂起」が起こって間もない頃、トルコ軍によって老若男女問わず一万人以上のブルガリア人が虐殺されたと言われている。この事件は、『デイリーニュース』紙（*Daily News*）などによって英国にも届き、民衆を大きく動揺させた（MacGahan iii）。グラッドストンはトルコへの支援をするディズレイリ内閣を非難する立場で『ブルガリアの恐怖と東方の問題点』（*Bulgarian Horrors and the Question of the East*）と題した小冊子を出した。それには、「我々の知るところでは、何十もの村々が焼き払われ、女子供は殺害され、あるいは殺されるよりも恐ろしいことをされ、その数は数千にも達するということが起きた可能性がある」（"For we know that ..... villeges could be burnt down by scores, and men, women, and children murdered, or worse than murdered, by thousands". Gladstone 13）、と語っている。その一方で、トルコ人達も同様の被害にあったという意見には、「私はその点について入念に調査したが、ブルガリア人が非道な行いや、大量虐殺、あるいはそれらに当たるような行いをしたということを見つけることはできない」（"I have carefully investigated this point; and am unable to find that the Bulgarians committed any outrages or atrocities, or any acts which deserve that name". ibid 16）、との主張は『五十年が過ぎ』で作者がトルコを一方的な悪者と描いていることに通じるものがあり、また、この作品の見方は虐殺の報道でショックを受けていた当時の英国の民衆の声を代弁しているともいえる。

（九）ユダヤ人であるディズレイリは「四月蜂起」の後も変わらずトルコを物資的にも経済的にも支援していた。これは、「ディズレイリがロシアと対立するトルコを支援していたのは彼の民族的起源を考えると自然なことといえる。東方においては、ユダヤ人とトルコ人は結束してヨーロッパ人に対抗していたのだ」（"Disraeli's support for Turkey against Russia as a natural outcome of his racial origins: in the East the Jew and the Turk are bonded together against the European". Cain 220）、とキリスト教徒の虐殺へ抜本的な対応をしなかったディズレイリを彼の人種から考察する研究者もいる。

（一〇）一八八四年、『ペルメル・ガジェット』紙の編集者であったW・T・スティード（W. T. Stead）によってが書かれた「海軍の真実」（"The Truth about the Navy"）という記事が、他の列強に追いつかれかけている英国の海軍力を明らかにした。グラッドストンは「外洋学派」の唱導者だったにも関わらず、自分が首相だった当時に海軍の弱さを指摘されて、世間の声に押される形で五億四千万ポンドもの軍事費を新たに投入して海軍力の底上げをさせられることになってしまう（Thompson 45）。

（一一）例えば、普仏戦争の結果、多くの英国民がドイツから侵攻されるかもしれないとの恐怖を感じていることについて、当時首相だったグラッドストンはスピーチで「今現在、その偏狭さはとても支持され流行している」（"that narrow tendency, very popular, very fashionable just now"）と言っている（"Mr. Gladstone at Whitby" *London Daily News* 5）。

（一二）　大英図書館のカタログ（"Search Result: Invasion of 1883"）や一九七八年にR・レジノールド（R. Reginald）などが編纂し、二〇一〇年に再出版されたS・F小説のカタログ『S・F小説と幻想文学』（*Science Fiction and Fantasy Literature*）でも、著者は不詳となっている。（一九五）しかし、『製造者と考案者』紙（*Manufacturer and Inventor*）の一八八三年八月一五日の記事を参照すると、ウィリアム・M・カニンガムという人物が著者であることが書かれている（"Exhibisions" *Manufacturer and Inventor* 20）。

（一三）　カードウェルの改革で一八七〇年に成立し、その二年後に義務化された試験制度があったが、指揮官がそれのために勉強することでは戦術的な知識を得るということはできず、現実に即した試験の実施が待たれていた。それが実現するのは一八八一年のマンチェスター戦略協会（Manchester Tactical Society）の誕生である。この協会の運動は全国的に広がり、そのときにカニンガムが所属していた西スコットランド戦略協会も誕生した（Beckett 191-2）。

（一四）　この懸賞論文は一八九〇年に募集されている。それを伝える新聞広告には、「現在と将来のボランティア隊についての優れた論文に百ポンド、五十ポンド、二十五ポンドの賞金が贈られる。論文はウィリアム・M・カニンガム中佐に提出のこと」（"100l. 50l. 25l for the best papers on present and future conditions on Volunteer forces. The Papers must be sent to ...... Lieutenant—Colonel William M. Cunningham, of Glasgow", "West of Scotland Tactical Society" *Leeds Mercury* 11）、と書かれてある。

（一五）　ベケットは、この団体が一八八七年に出来たとしているが（Beckett 192）、実際には一八八五年の四月に最初の会合をしたとする当時の新聞記事がある。（"Proposed West of Scotland Tactical Society" *Glasgow Herald* 10）、そのため、この点については、著者の間違いであると思われる。

（一六）　「ボランティア隊の要望」は冊子として国会議員に配布された。全文が『アバーディーン・ジャーナル』紙（*Aberdeen Journal*）に掲載され、その要求は「第一に、士官とボランティア隊がこの国のために奉仕するのならば、英国はそのために彼らが身銭を切ることを防がなければならない。第二に、ボランティア隊を維持する価値があるのならば、隊は十分に効果的な場所へ配置され、短期通知に対応できるようにされなければならない。第三に、ボランティア隊が現在の規模と能率を維持するのであれば、必要な支出を賄うために予算の増額が許可されなければならない」（"First—If the officers and men of the volunteer force give their services to their country, the country ought to save them from expense. Second—If the volunteer force is worth maintaining at all, it ought to be placed on a thoroughly effective footing, and rendered capable of taking the field on short notice. Third—If the volunteer force is to remain in its present numbers and efficiency, the capitation grant must be increased to meet the necessary expenditure", "Volunteer Requirements" 2)、というものであり、二点目の隊員の配置以外は、予算の増額についてである。また、この冊子のその後の内容は、上記三点についての主張の根拠である。

（一七）カニンガムが「ボランティア隊の要望」の原案者であるというのは、英国のHull Museum Collectionsのカタログにある「ボランティア隊の要望」の説明文で「冊子名『ボランティア隊の要望』、これは、一八八六年一月一二日の『グラスゴー・ヘラルド計画』を元にした、西スコットランド戦略協会の会員による議論の報告である」("Booklet titled 'Volunteer Requirements', a report of the discussions by the members of the West of Scotland Tactical Society, based on the Glasgow Herald Scheme of the 12th January 1886.")、と書かれてあるのが根拠である。これによれば、『グラスゴー・ヘラルド』紙で発表されたボランティア隊の待遇改善を求めた「グラスゴー・ヘラルド計画」を基に「ボランティア隊の要求」は書かれたとある("Search Result: Volunteer Requirements")。そして、別の新聞記事では、「カニンガムの『グラスゴー・ヘラルド計画』によってハリス卿とスタンホープ氏の提案書が書かれることとなった。そしてその［一八八六年の］提案書は一八八七年のボランティア隊の予算を八万ポンド増額させたのだった」("Cunningham's 'The Glasgow Herald Scheme' (1886) resulted in producing Lord Harris and Mr. Stanhope's memo and it increased 80,000l. for the budget of Volunteer the year 1887", "Exhibitions" *Manufacturer and Inventor* 20) なる記事で、カニンガムが「グラスゴー・ヘラルド計画」の執筆者であるとしている。

（一八）次の記事には『一八八三年の侵攻』でスコットランドが侵攻される事について、「正気のドイツ人がスコットランドを侵攻計画の拠点として選んで、英国を攻撃するとは思えない」("We do not believe ..... that any German in his senses would select Scotland as a base of operations in an attack upon Great Britain", "The Invasion of 1883", *Freeman's Journal* 5) との批判する内容が書かれてある。そして、次の記事は、それから一歩踏み込み、スコットランドが攻め込まれた場合の、ドイツ軍の行動について作品内の矛盾点を突いている。それは、「我々がドイツ軍の侵攻を受け、それが政府から遠く離れたテイであったとしても、ドイツ軍が鉄道を手に入れる見込みもなく、少なくとも、鉄道を英国軍が使用できないように破壊工作せずに侵攻してくるとは、とても考えられない」("If we were to have an invasion of Germans, it may well doubted ..... if forced to select a landing-place so far removed from the seat of Gevernment as the Tay, [Germans] would do so without taking care that they were able to secure the railway communication, or at least to prevent its being made available by their enemy" ("A Dream of Invasion", *Dundee Courier and Argus* 2) と指摘している。これらの批判は的を射ていると思われ、『一八八三年の侵攻』は侵攻されるプロット作りで戦術的な二重の間違いを犯しているといえる。

（一九）例えば、ウィリアム・ル・キューがフレデリック・ロバーツ（Frederick Roberts）元陸軍元帥のアドバイスを受けながら書いた『一九一〇年の侵攻』をデイリー・メールに連載するにあたり、ハームズワースは新聞の販売が見込めない人口の少ない地域を、ドイツ軍が侵攻する場所から除外するよう指示したり、逆に、多くの新聞販売が見込める地域は攻めさせるようにした（Clarke *Voices Prophesying War* 122）。彼は作品の軍事的な戦略の正しさよりも、商業的な戦略の正しさを求めたわけである。

（二〇）一八七六年と一八八二年当時の海峡トンネル建設についてのメディアの反応は、例として『モーニング・ポスト』紙と『ペルメル・ガジェット』紙から取りあげる。一八七六年の段階では「海峡トンネルに関する予備的な工事は始まったばかりだ。もし、工事が実現不可能であることを示すものが出てこなければ、トンネルは間違いなく開通するだろう」（“The Preliminary works in connection with the Channel tunnel have just commenced ...... If ...... nothing occurs to show that the works are impracticable, the tunnel will be definitely commenced.” “The Channel Tunnel” *Morning Post* 7）、あるいは、「議論は、完成したトンネルにどのような換気法が良いのかということを話し合う必要に迫られるだろう。これは、解決しがたいことである」（“the question will ever go so far as to render necessary the discussion of the mode of ventilation of the finished tunnel may well be thought problematical.” “The Channel tunnel” *Pall Mall Gazette* 10）というように、建設に反対していなかった。しかし、その両新聞が一八八二年には、「『弁護士のような見かけで首相や大統領に当選した野心的な征服者』が突然現れないという保証はない。もし、用心深さや警戒をする運動がなければ、それは、不当に隣国を『とてつもない誘惑』に晒させることになる」（“There is no guarantee against the sudden appearance of ‘an ambitious conqueror under the lawyer-like exterior of an elected Minister or President;’ and even if there was no such cause for watchfulness and precaution it is unfair to expose our neighbours to ‘so tremendous a temptation’.” “The Proposed Channel Tunnel” *Morning Post* 6）、と「海峡トンネルの話」の内容を踏襲しているかのような注意喚起をする。また、「もし戦争が起こったならば、フランスが英国側のトンネル出口を奇襲や裏切りで奪取することは非常にあり得ることである」（“if war did break out it is quite possible that the French might seize the English end of the Tunnel by a coup de main, or by treachery.” “The Channel Tunnel” *Pall Mall Gazette* 1）というように、英国が侵攻される危険性について言及している。

第三部　一八八二年の「海峡トンネル危機」における侵攻小説作品

（二一）J・ドリュー・ゲイ（J. Drew Gay）という人物が『白布の謎』（*The Mystery of the Shroud*）という作品を一八八六年一二月に発表したときの新聞広告では『いかにジョン・ブルはロンドンを失ったか』の作者によるものだと書かれてある（“The mystery of the Shroud. By J. Drew Gay. Author of ‘How John Bull Lost London.’” “Advertisement” *London Daily News*, 8）。同じ

広告は、同月二二日、二三日、二四日の『モーニング・ポスト』紙などにもある。しかし、『S・F辞典』（*The Encyclopedia of Science Fiction*）で、編集者のジョン・カル（John Cull）は二〇一二年までの記事でL・エドガー・ウェルチ（L. Edgar Welch）という人物が上述の二つの作品の著者で、グリップとゲイのどちらも彼のペンネームだとしていた。その後、カルは二〇一三年にその説を取り下げ、グリップ、ゲイ、そしてウェルチの三者は別人だとしている（"Grip," "Welch, Edgar L." and Gay, Drew J."）。カルの説を採用すると、『白布の謎』の出版社は嘘をついてその本を宣伝していたことになる。また、歴史学者のアントニー・テイラー（Antony Taylor）は二〇一二年の著書で『いかにジョン・ブルはロンドンを失ったか』の作者はゲイだとしている（63）。

（一二）　ゲイは『デイリー・テレグラフ』紙（*Daily Telegraph*）の特派員だったが、エジプトにおける英国の影響力を低下させようとしていたアハマッド・ウラービー（Ahmed Arabi）の信奉者たちがスエズ運河を爆破しようとしたとの偽の情報を流したことが発覚し、帰国させられている。このことについて、当時の新聞記事を参照すると、「ある扇動的な電信が誤って伝えたのは、ウラービーの支持者たちがスエズ運河の堤防をダイナマイトで爆破しようと試みた。この電信の件は関係者を立腹させ、彼は帰国させられた」（"A sensational telegram, announcing—erroneously, it was said—that attempts were made by Arabi's followers to blow in the banks of the Suez Canal with dynamite, gave umbrage to the authorities, and he had to be recalled," "Notes on Current Topics" *Yorkshire Post and Leeds Intelligencer*, 4）、と伝えられている。

（一三）　ドイツ、ビスマルクの主導で締結された三帝同盟は、普仏戦争によるフランスからの復讐を警戒していたビスマルクがロシア、オーストリアと連携してフランスの孤立と封じ込めを狙ったものだった。三帝同盟については次のように要約する研究がある。それは、「新たに締結された三帝同盟は台頭し得る脅威を回避したいドイツに利するものだった。それは、ドイツのライバルであったフランスが拡張政策を取る可能性があるという脅威だった」（"The reconstituted Three Emperors' League ..... served Germany well in hedging its bets against possible threats ..... in the form of potential avenues of expansion for its principal rival, France," Weitsman 57）、というもの。さらに、この同盟がフランスを牽制するものだった、とより直接的に「三帝同盟が目指したのはドイツの敵であるフランスを孤立させることだった」（"It [Three Emperors' League] aimed ..... at isolating Germany's enemy, France," "Dreikaiserbund" *Encyclopædia Britannica*）、とも要約されている。

（一四）　この作品が出版される少し前には、すでに建設反対派の声は大きく、それはフランスにも届いていて、反対派の英国人にフランスの新聞は「トンネル恐怖症」（tunnelophobie）と病名を付ける程だった。それは、「パリの機知に富む人々は英国の海峡トンネルに対する動揺を非常に滑稽だと思っている。『シャリバリ』紙はジョン・ブルは新たな病［トンネル恐怖症］を患っている。この病気への唯一の治療法はトンネルを建設しないということである」（"I observe that the Paris wits are greatly amused by the agitation in England against the Channel Tunnel. *Charivari* says that John Bull as got a new malady—'tunnelophobie.' ..... the only remedy for 'tunnelpphobie' is not to make tunnels'." "The Channel Tunnel" *The Star*, 2)、という記事に表されている。

（二五）海峡トンネルの建設計画に怒ったロンドンの民衆がワトキンの会社に投石して窓ガラスを割ったという事件には多くの研究者が言及している。例えば、クラーク（Clarke *Voices Prophesying War* 96)、侵攻小説についての著書がある英文学者のセシル・エビー（Cecil Eby, 21)、ウォールズリーの伝記を書いた歴史学者のハリック・カッチャンスキー（Halik Kochanski, 124)、海峡トンネル危機についての著書がある歴史学者のトーマス・ホワイトサイド（Thomas Whiteside, 85）などである。クラークはその事件があった時期については言及していないが、エビーとカッチャンスキーは一八八二年だとする一方、ホワイトサイドは一八八三年にその事件があったという。しかし、四人ともその情報について参照できる文献は挙げていない。

（二六）例えば、ウォールズリーは駅を奪う作戦について、「二万の歩兵隊を二十の列車で輸送することは容易である。その歩兵隊は第一陣が英国側のトンネルの駅を奇襲した時から四時間後にはドーバーに流れ込むことができるだろう」（"Twenty thousand infantry could be easily dispatched in twenty trains ..... that force could be poured into Dover in four hours from the moment when the first detachment had surprised the station at our end of the tunnel". Wolseley 76)、とトンネルの駅を一旦奪うことで敵は大規模な作戦を展開できることを述べている。

あとがき

本書は二〇一五年、筆者が広島大学大学院文学研究科に提出した博士論文『ヴィクトリア朝期の小説における反帝国主義の流行とそのプロパガンダ的特長』に加筆修正を加えたものです。この場を借りて特にお礼を申し上げたいのは、修士・博士時代に僕に関わり本書をよりよくして下さった方々です。

大学院修士時代から侵攻小説（当時は「侵攻文学」と呼んでいました）の研究をしておりました。日本ではあまり研究されていないこの分野の研究をするにあたり、鋭い発問や叱咤激励をし続けて下さった川島健先生にまず、深い感謝を申し上げます。また、川島先生を引き継いで指導して下さった吉中孝志先生は英詞をご専門にしておられ、吉中先生のご指導のおかげで作品が持つリズムや比喩の重要性といったことを学べました。お二人は広島大学時代の指導教官を引き受けられた方々です。作品の成立背景といった事実ばかりに着目しようとする頭の固い僕に文学作品を味わうということを辛抱強く教えて諭して下さいました。また、丹治愛先生は、一九世紀の作品を幅広く研究されている日本の英文学研究の中心的な方ですが、「ドーキングの戦い」を研究された日本で数少ない先生でもあります。そのようなご縁で博士論文提出時には副査になり、東京から広島まで駆けつけて下さいました。その際にご指摘下さった点の数々は本書に反映させました。中英語の研究者であられる地村彰之先生には、言語学的な側面からのご指導を頂きました。また公私共にお世話になっており、そのようなお付き合いが本書にも有形無形に生かされております。新田玲子先生は、アメリカ文学がご専門ですが、機会のある度に熱心なご指導をして下さいました。論文に付けられたたくさんの付箋とコメントは本書を刊行する上で大変参考になりました。同じくアメリカ文学を研究されている大地真介先生にも大変お世話になりました。特に本書に近い年代の作家研究を土台にした、幅広い見識から多くの助言を下さいました。そのほかにも多くの方々によるご指導があり本書の元となった博士論文が完成しました。この場を借りて深くお礼申し上げます。

この度本書を刊行するにあたり、溪水社の木村逸司さんは本書の出版を快諾して下さいました。英文学関係の研究書があまり売れなくなったと言われる昨今、そのように決断して下さったことには感謝の念が尽きません。また、同じく溪水社の木村斉子さんは非常に丁寧で注意深い編集をして下さいました。研究書の原稿にはあまり手を加えないのが一般的だと思いますが木村斉子さんには有意義なご指摘を多く頂きました。溪水社と特にこの二人には深く感謝申し上げます。また、生活面でサポートし、研究が上手くいくよう励ましてくれる妻のトレイシーへの大きな感謝はいつまでも消えることはありません。

本書は本務校である同朋大学からの出版助成を受けて刊行することとなりました。本書を推薦して下さった同朋大学の先生方、誠に有難うございます。

最後になりますが、ここまでお付き合いして下さいました読者の皆さまに感謝を申し上げます。

令和二年三月

人　物

【あ】

【か】

【さ】

【た】

【な】

【は】

【ら】

書　名

【は】

【ま】

作品の手法関連

政治・経済・戦争・法律・政策・思想・技術

【あ】

【か】

【さ】

【た】

【な】

【は】

【ま】

【や】

【ら】

【わ】

主要な国・軍

地名・建物

その他固有名詞および架空の人物

参考文献

"The Autumn Campaign" *Western Times* 16 Sep. 1871: 2. *British Newspapers, British Library*. Web. 21 June 2019

"Battle of Boulogne" *Pall Mall Gazette* 15 May 1882: 2. *British Newspapers, British Library*. Web. 21 June 2019

"The Battle of Dorking" *Hampshire Advertiser* 20 May 1871: 4. *British Newspapers, British Library*. Web. 19 Dec. 2018.

"The Battle of Dorking" *Spectator* 27 May 1871: 12. *Spectator Archive*. Web. 7 Mar. 2018.

"The Battle of Dorking" *Spectator* 3 June 1871: 15. *Spectator Archive*. Web. 7 Mar. 2018.

The Battle off Worthing; Why the Invaders Never Got to Dorking. A Prophecy by a Captain of the Royal Navy. London: London Literary Society, 1887. *The Internet Archive*. Web. 4 Feb. 2018.

Beckett, Ian. *Riflemen Form: A Study of the Rifle Volunteer Movement 1859-1908*. South Yorkshire: Pen & Sword Books, 2007. Print

Bleiler, Everett Franklin. *Science-Fiction, The Early Years*. Kent, US: Kent State UP, 1990. Print.

Bond, Brian. "Cardwell, Edward." *Oxford Dictionary of National Biography*. Ed. H. C. G Matthew and Brian Harrison. Oxford: Oxford UP, 2004. Print.

Bratton, J. S. *The Impact of Victorian Children's Fiction*. London: Croom Helm, 1981. Print.

Butler, William Francis. *The Invasion of England: Told Twenty Years After. By an Old Soldier*. London: Sampson Lows, 1882. Print.

Cain, Peter. *Victorian Vision of Global Order*. Cambridge: Cambridge UP, 2007. Print.

Cassandra. *The Channel Tunnel; Or England's Ruin*. London: William Clowes and Son, 1876. Print.

"The Carving of Turkey" *Glasgow Herald* 10 Dec. 1874: 3. *British Newspapers, British Library*. Web. 10 Mar. 2019.

"The Channel Tunnel" *London Evening Standard*, 22 Feb. 1882: 2. *British Newspapers, British Library*. Web. 15 Feb. 2019.

"The Channel Tunnel" *Morning Post* 2 June 1876: 7. *British Newspapers, British Library*. Web. 15 Feb. 2019.

"The Channel Tunnel" *Pall Mall Gazette* 23 Mar. 1876: 10. *British Newspapers, British Library*. Web. 12 Nov. 2018.

"The Channel Tunnel" *Pall Mall Gazette* 14 Oct. 1882: 1. *British Newspapers, British Library*. Web. 12 Nov. 2018.

"The Channel Tunnel" *Star* 21 Feb. 1882: 2. *British Newspapers, British Library*. Web. 15 Nov. 2018.

[Chesney, George Tomkyns], "The Battle of Dorking: Reminiscences of a Volunteer." *Blackwoods Edinburgh Magazine* 109. 667 (1871): 539-72. London: William Blackwood and Sons. Print.

——. *The Battle of Dorking: Reminiscences of a Volunteer*. Edinburgh: Blackwood and Sons, 1871. The Internet Archive. Web. 15 Sep. 2019.

Childers, Erskine. *The Riddle of the Sands: A Record of Secret Service*. New York: Dodd, Mead and Company, 1915. *The Internet Archive*. Web. 3 Aug. 2019.

Clarke, I. F. "The Battle of Dorking, 1871-1914." *Victorian Studies* 8. 4 (June 1965): 309-328. *JSTOR*. Web. 22 July 2018.

———. "Future-War Fiction: the First Main Phase, 1871-1900." *Science Fiction Studies* 24. 73 (Nov. 1997). *DePauw University*. Web. 20 July 2018.

———. *Voices Prophesying War* 1763-1984. London: Oxford UP, 1966. Print.

Clarke, I. F. ed. *The Great War with Germany, 1890-1914: Fictions and Fantasies of the War-to-Come*. Liverpool: Liverpool UP, 1997. Print.

[Colomb, John], *Protection of Our Commerce and the Distribution of Our Naval Forces Considered*. London: Harrison and Son, 1867. *Google Books*. Web. 10 Mar. 2019.

Colomb, Philip, et al. *The Great War of 189-. A Forecast*. London: William Heinemann, 1893. *The Internet Archive*. Web. 10 Mar. 2019.

Demure One. *The Battle of Boulogne: Or, How Calais became English again*. London: C. F. Roworth, 1882. Print.

"A Dream of Invasion" *Dundee Courier and Argus* 10 May 1876: 2. *British Newspapers, British Library*. Web. 10 Jan. 2019.

"Dreikaiserbund" *Encyclopedia Britannica Online*. Encyclopedia Britannica Inc., n.d. Web. 10 Nov. 2018.

Eby, Cecil Degrotte. *The Road to Armageddon: The Martial Spirit in English Popular Literature, 1870-1914*. Durham: Duke UP, 1987. Print.

England Crushed; The Secret of the Channel Tunnel Revealed. London: P. S. King, 1882. Print.

"This Evening News" *Pall Mall Gazette* 29 June 1871: 7. *British Newspapers,*

British Library. Web. 7 Mar. 2018.
"Exhibitions" *Manufacturer and Inventor* 15 Aug. 1888: 20. *Newspaper Archive*. Web. 10 Sep. 2019.
Fifty Years Hence: An Old Soldier's Tale of England's Downfall. London: G. W. Bacon & Co., 1877. Print.
Finkelstein, David. "From Textuality to Orality: The reception of *The Battle of Dorking*." *Books and Bibliography: Essays in Commemoration of Don McKenzie*. Ed. John Thomson. Wellington: Victoria UP, 2002. 87-102. Print.
Forth, C. *The Surprise of the Channel Tunnel*. Liverpool: Wightman & Co., 1883. Print.
Gladastone, William. *Bulgarian Horrors and the Question of the East*. London: William Clowes and Son, 1876. *The Internet Archive*. Web. 9 Sep. 2019.
Griffith, George. *The Angels of the Revolution: A Tale of the Coming Terror*. London: Tower Publishing Co., 1894. *The Internet Archive*. Web. 5 May 2019.
Grip. *How John Bull Lost London; Or, the Capture of the Channel Tunnel*. London: Sampson Low, 1882. *Internert Archive*. Web. 9 Sep. 2019.
Hadfield-Amkhan, Amelia. *British Foreign Policy, National Identity, and Neoclassical Realism*. Maryland: Rowman & Littlefield, 2010. Print.
Halkett, Samuel, and John Laing. *A Dictionary of the Anonymous and Pseudonymous Literature of Great Britain*. 2 vols. Edinburgh: William Paterson, 1882-88. *The Internet Archives*. Web. 12 Feb. 2019.
Hammal, Rowena. "How Long before the Sunset? British Attitude to War, 1871-1914." *History Review 2010*. n.d. Web. 8 Mar. 2019.
Hayward, A. *The Second Armada. A Chapter of Future History*. London: Harrison & Sons, 1871. *The Internet Archive*. Web. 20 Jan. 2019.
"How John Bull Lost London" *Aldershot Military Gazette* 25 Mar. 1882: 7. *British Newspapers, British Library*. Web. 2 May 2019.
"The Invasion of 1883" *Freeman's Journal* 11 July 1876: 5. *British Newspapers, British Library*. Web. 10 Oct. 2018.
The Invasion of 1883. Glasgow: James Maclehose, 1876. Print.
Jowett, Garth and Victoria O'Donnell. *Propaganda & Persuasion*. 5th ed. Los Angels: Sage Publication, 2012. Print.
Kochanski, Halik. *Sir Garnet Wolsley: Victorian Hero*. London: Hambledon Press, 1999. Print.
"The Latest Utopia" *Pall Mall Gazette* 31 Mar. 1891: 2. *British Newspapers*,

British Library. Web. 20 July 2019.

Le Queux, William. *The Invasion of 1910: With a Full Account of the Siege of London*. Toronto: MacMillan, 1906. *The Internet Archive*. Web. 12 Oct. 2018.

"Literature" *Era* 7 May 1871: 9. *British Newspapers, British Library*. Web. 16 Feb. 2019.

"Local Notes" *Newcastle Courant etc*. 16 June 1871: 3. *British Newspapers, British Library*. Web. 15 Feb. 2019.

Longmate, Norman. *Island Fortress: The Defence of Great Britain 1603-1945*. London: Hutchinson, 1991. Print.

Macaulay, Clarendon. *The Carving of Turkey. A chapter of European History*. London: Mead & Co., 1894. Print.

MacGahan, J. A. *The Turkish Atrocities in Bulgaria*. London: Bradbury, Agnew, & Co, 1876. *The Internet Archive*. Web. 13 Nov. 2018.

MacKenzie, John M. *Propaganda and Empire : the Manipulation of British Public Opinion, 1880-1960*. Manchester UP, 1984. Print.

Matikkala, Mira. *Empire and Imperial Ambition: Liberty, Englishness and Anti-Imperialism in Late Victorian Britain*. London: I. B. Tauris, 2011. Print.

Matin, A. Michael. "The Creativity of War Planners: Armed Forces Professionals and the Pre-1914 British Invasion-Scare Genre." *English Literature History* 78. 4 (Dec. 2011): 801-31. Print.

——. "Scrutinizing *The Battle of Dorking*." *Victorian Literature and Culture* 39. 2 (Sep. 2011): 385-407. *Cambridge Journals*. Web. 23 Dec. 2018.

Matthews, Roy and Peter Mellini. *In 'Vanity Fair'*. London: Scolar Press, 1982. Print.

"Military Manoeuvres" *Liverpool Mercury* 13 Sep. 1871: 3. *British Newspapers, British Library*. Web. 10 Feb. 2019.

"Mr. Gladstone at Whitby" *London Daily News* 4 Sep. 1871: 5. *British Newspapers, British Library*. Web. 18 Feb. 2019.

"National Defence and Foreign Policy" *Pall Mall Gazette* 9 Jan. 1871: 1. *British Newspapers, British Library*. Web. 12 Jan. 2019.

"News of the Day" *Birmingham Daily Post* 30 June 1871: 4. *British Newspapers, British Library*. Web. 18 Jan. 2019.

"Notes on Current Topics" *Yorkshire Post and Leeds Intelligencer* 10 Oct. 1890: 4. *British Newspapers, British Library*. Web. 5 May 2019.

"Occasional Notes" *Pall Mall Gazette* 3 May 1871: 4. *British Newspapers,*

British Library. Web. 18 Jan. 2019.

"Occasional Notes" *Pall Mall Gazette* 22 July 1871: 4. *British Newspapers, British Library*. Web. 5 Feb. 2019.

Porter, Gerald. *Annals of a Publishing House: William Blackwood and His Sons, Their Magazine and Friends*. Edinburgh: William Blackwood and Sons, 1898. *The Internet Archive*. Web. 20 July 2019.

"Premier at Whitby" *Leeds Mercury* 4 Sep. 1871: 3. *British Newspapers, British Library*. Web. 23 Feb. 2019.

"The Proposed Channel Tunnel" *Morning Post* 30 Jan. 1882: 6. *British Newspapers, British Library*. Web. 7 July 2019.

"Proposed West of Scotland Tactical Society" *Glasgow Herald* 29 Apr. 1885: 10. *British Newspapers, British Library*. Web. 15 May. 2019.

The Publishers' Circular. Ed. Sampson Low. vol. 34. London: Publishers' Circular, 1872. Print.

Punch or the London Charivari, vol. 60 & 61. London: Bradbury, Evans, and Co., 1871. *The Internet Archive*. Web. 18 Jan. 2019.

Reginald, R. *Science Fiction and Fantasy Literature*. Ed. Douglas Menville and Mary A. Burgess. Maryland: Wildside Press, 2010. Print.

"Reuter's Telegram" *Pall Mall Gazette* 18 July 1871: 8. *British Newspapers, British Library*. Web. 18 Feb. 2019.

Saki [Hector Hugh Munro], *When William Came*. London: John Lane, 1913. *Project Gutenberg*. Web. 3 Jun 2019.

Schuyler, R. L. "The Climax of Anti-Imperialism in England." *Political Science Quarterly*. 36. 4 (Dec. 1921). *JSTOR*. Web. 10 Jan. 2019.

"Search Result: Invasion of 1883." *British Library Catalogue*. Web. 10 Jan. 2019.

"Search Result: Volunteer Requirements." *Hull Museums Collections*. Web. 20 Sep. 2019.

Stearn, Roger T. "General Sir George Chesney." *Journal of the Society for Army Historical Research* 75. 302 (1997): 106-18. Print.

Stearn, Roger T. "Sir George Tomkyns Chesney." *Oxford Dictionary of National Biography*. Ed. H. C. G Matthew and Brian Harrison. Oxford: Oxford UP, 2004. Print.

"The Story of the Channel Tunnel." *Macmillan's Magazine*. vol. 45 (1882): 499-504. London: Macmillan. *Forgotten Books*. Web. 15 May 2019.

Taylor, Philip M. *Munitions of the Mind: A History of Propaganda from the Ancient World to the Present Era*. Manchester: Manchester UP, 1995.

Print.
Thompson, Andrew. *Imperial Britain: The Empire in British Politics*, c. *1880–1932*. New York: Routledge, 2014. Print.
"A Visit to the Channel Tunnel" *Bury Free Press*, 25 Feb. 1882: 2. *British Newspapers, British Library*. Web. 10 May 2019.
"Volunteer Requirements" *Aberdeen Journal* 19 Feb. 1886: 2. *British Newspapers, British Library*. Web. 10 Feb. 2019.
"The War" *Daily News* 23 Aug. 1870: 4. *British Newspapers, British Library*. Web. 10 Jan. 2013.
Weitsman, Patricia A. *Dangerous Alliance: Proponents of Peace, Weapons of War*. California: Stanford UP, 2004. Print.
Wells, H. G. *The war of the Worlds*. London: William Heinemann, 1894. *The Internet Archive*. Web. 10 July 2019.
"West of Scotland Tactical Society" *Leeds Mercury* 22 Mar. 1890: 11. *British Newspapers, British Library*. Web. 10 May 2019.
Whiteside, Thomas. *The Tunnel Under the Channel*. New York: Simon and Schuster, 1962. Print.
Wolseley, Garnet. "Memorandum by Lord Wolseley." *The Channel Tunnel and Public Opinion*. Ed. James Knowles. (1883): 61-89. London: Kagan Paul, Trench, & Co., 1883. *Forgotten Books*. Web. 12 Mar. 2019.

【著者】

深町　悟（ふかまち　さとる）

1980年福岡県生まれ。同朋大学文学部専任講師。広島大学文学研究科博士課程後期終了（文学博士）。日本学術振興会特別研究員、島根大学外国語教育センターを経て、2018年から現職。ヴィクトリア朝末期の世紀末小説、侵攻小説などを研究。近年の出版にサキの *When William Came* を翻訳した『ウィリアムが来た時』（国書刊行会）がある。

「侵攻小説」というプロパガンダ装置の誕生

令和2年3月27日　発行

著　者　深町　悟

発行所　株式会社 溪水社
広島市中区小町1-4（〒730-0041）
電話 082-246-7909　FAX 082-246-7876
e-mail: info@keisui.co.jp
URL: www.keisui.co.jp

ISBN978-4-86327-511-9　C3098